梟の胎動

福田和代

集英社文庫

梟の胎動

プロローグ

掛けまくも畏《かしこ》き産土《うぶすな》大神の大前に慎み敬ひも申さく。この宮殿《みあらか》を、静宮《しづみや》の常宮《とこみや》と鎮まり坐《ま》す大神の高き尊き大《おほ》御恵《みめぐみ》を仰ぎ奉《まつ》り称《たた》へ奉る――。

何度、この〈讃《さん》〉を唱えたことだろう。

初恋の人に出会ったときも。その人に失恋したときも。大学受験の合格発表の日も。結婚の申し込みを受けたときも。父親がまだ早すぎる生涯を閉じたときも――。

人生を左右する出来事に遭遇するたび、思わず知らず〈讃〉が口をついて出た。

私より大きな存在よ。

どうか、私に正しい道を選ばせて。

〈梟《ふくろう》〉の子どもたちは、幼くして大人に交じり、笙《しょう》や鉦《かね》に合わせて〈讃〉を詠唱させられる、そうだ。子どもの記憶力は確かだ。この年齢になった今もなお、〈讃〉は一字一句鮮やかに脳裏によみがえる。

もっとも、里で〈讃〉を唱えたことは一度もない。自分が生まれたのは、父親が里を下りた後のことだ。

ただ、自らの意志で里を離れておきながら、どこか里に未練を残していたらしい父親は、ことあるごとにひとりで〈讃〉を唱え、子どもが大きくなると、ともに詠唱できるよう教え込んだ。

――いつかおまえに、話すよ。

父親は小さな娘を膝に乗せ、口癖のように語り続けたものだ。

――おまえは〈梟〉の子や。もうちょっと大きなったら、長い、長い〈梟〉の歴史を、最初からぜんぶ教えたるからな。

それは、愛と憎しみと、生と死の物語だ。〈梟〉の歴史を語ることは、この国の礎として闇に葬られた人々を語ることだ。

――今日は昨日のつづき。昨日はそのまた昨日のつづき。百年前も、千年前も、ずーっと、ずーっと、〈梟〉は生きていたのやで……。

いつか私は、仲間の〈梟〉に出会うことがあるだろうか。長く豊かな〈梟〉の物語に、加わることができるだろうか――。

＊

榊史奈《さかきふみな》は、「それ」の点灯時間が終わるまで待っていた。

二十四時。

見上げる史奈の前で、日付の変更とともに、メタルハライドランプの白い光が消え、夜目にも涼しい銀色に輝いていた「それ」が、ひっそりと宵闇になじみ、溶け込もうとする。

しばし、あわあわとした残像の余韻に浸る。

やがて史奈は、黒いパーカを脱いで裏返し、腕に巻いたスマートウォッチに話しかけた。

「準備できた。これから始める」

『了解。気をつけて』

通信装置の向こうにいる栗谷和也《くりたにかずや》が、期待と緊張をにじませた声で応答した。

鼻歌まじりの自転車が、すぐ脇の坂道を重力にまかせて転がり落ちるように走り過ぎるのを待つ。ことのほか人口密度の高い東京で、人の気配が完全に消えるタイミングはめったにない。だが、皆無でもない。

誰もいないことを確認すると、史奈はゴーグルを掛け、ベルトのスイッチを入れた。

街路樹で羽根を休めていた鳥が、今まで路上に見えていた若い女の姿が突然消え失《う》せたのを見て、目を瞠《みは》った。

鳥には理解できなかったろうが、史奈が身に着けているパーカとスパッツ、手袋など一式は、栗谷和也らが開発した光学迷彩の戦闘服だ。スイッチを入れ、微弱な電流を通すことによって、身に着けている者の姿を透明化してくれる。

「正常に作動している」

『了解した』

「途中でお喋《しゃべ》りに気を取られると危険だから、いったん無線を切る」

『──気をつけて』

史奈は再び首をそらして、目の前にそびえるオレンジ色の鉄塔を見上げた。

──やっと来たよ。

心の中で鉄塔に話しかける。

東京タワー。

高さ三百三十三メートルの、トラス構造の電波塔。かつては日本一の高さを誇ったが、今は東京スカイツリーに抜かれている。

だが、エッフェル塔のデザインに触発されたというタワーは、ランドマークとして今でも見るべきものがある。

東京に来た時から、いつか登ってみようと考えていた。

軽く助走をつけ、背丈の三倍ほどある台座ブロックを駆け上がる。この程度の高さなら、里の野山を駆け回っていた史奈には、朝飯前だ。

東京タワーには、土日祝日のみ開放される六百段ほどの外階段もある。だが、こんなに美しく、登りがいのある鉄塔を、階段なんかで上ってしまってはもったいない。

鉄骨をどう進めば頂上まで登れるか、これまで何度も、写真を見たり、現地を訪れたりしてルートを読んできた。

そこにこの、光学迷彩服のテスト依頼だ。

ひとつめの展望台まで、百二十五メートル。ここまでは、さほど苦労はない。問題は、鉄骨の部分から大きく張り出した展望台を、どう乗り越えていくかだ。

タワーを空撮した写真を眺めて、これならと思うアイデアはあった。

——とにかく、行ってみればわかる。

彼女は、オレンジ色に塗装された鉄骨をしっかりとつかみ、腕の力と反動を利用して、身軽に登っていった。

命の危険と隣り合わせだ。だから、ある程度の高さまで登ると、腰にカラビナで提げた巻取り式の命綱を引き出し、鉄骨に引っかけて安全を確保した。

自分の限界に挑戦するのは好きだ。

限界に挑戦し続けるから、強くなれる。

一歩ずつ進むから、いつかは遠くまで行けるようになる。

だがそれは、無謀に命を懸けることを意味しない。反対に、過剰に命を惜しむものでもない。史奈は自分の命の重みを知っている。歴史の大河のなかで、今この時を俯瞰《ふかん》して見つめるものがあれば、史奈の存在などミジンコほどの価値もないだろう。

だが、ひとつしかない自分の命には、自分の命なりの重みがある。

だから、無駄に捨てたりはしない。

先を急ぐため、腕をいっぱいに伸ばして鉄骨をつかもうとして、支えていたほうの手が滑りそうになった。背筋に冷たいものが流れる。

(史ちゃん!)

祖母の桐子《きりこ》の叱責が脳裏に響く。

(時間は有限。せやけど、急《せ》いてはことを仕損じる)

左手だけで鉄骨にぶら下がり、史奈は微笑《ほほえ》んだ。祖母は今も、自分のそばで見守っていてくれると感じる。

それからは慎重に進んだ。焦らない。急ぎすぎない。なおかつ自分が出せる最大限のパワーで、東京タワーを登っていく。

——もっと高く。もっと速く。

展望台までの百二十五メートルほどは、さほど困らなかった。だんだん見晴らしがよくなって、街並みが遠くまで見通せるようになってきた。

——さて、ここからだ。

展望台は、タワーの鉄骨から外側に張り出している。それを乗り越えるとまた、展望台上部から、頂上への鉄骨に登ることができるのだ。

地上から見ただけではよくわからなかったが、展望台を支える鉄骨から、展望台の先端に向かって斜めにオレンジ色の鉄骨が延びている。それに沿って先端に近づき、あとは展望台の壁面を登れるかどうか、見てみる。

——東京タワーを作った人たちだって、手作業で鉄骨を組んでいった。

一九五八年ごろの、建設中の写真を見たことがある。命綱もないのに、鉄骨に腰を下ろしてのどかに休憩している鳶職人《とびしょくにん》たちが写っていた。高所にいることなど感じさせないが、鉄骨越しに見える地面の遠さが、彼らのいる高さを物語っている。

雲梯《うんてい》のように斜めの鉄骨にぶら下がって少しずつ先に進み、展望台の端にたどりつく。両足を鉄骨に巻きつけて身体《からだ》を安定させると、ひょいと頭をもたげて展望台の壁面を観察した。

ひとつめの展望台、メインデッキは、二フロアある。

つまり二階分の高さ、壁を這《は》い上がらなければならない。おまけに、その壁が上に行くほどせり出している「逆坂道」状態なので、吸盤でもなければ身体を支えられない。

救いがあるとすれば、展望台の上に柵があって、ロープをかけることさえできれば、そのまま上がっていけるということだ。

ただ、柵までおそらく十メートルほどの距離がある。

――投げても、届かない。

なにしろ足場が悪い。

もう一度、じっくりと展望台の壁面を観察する。地上百二十五メートルの展望フロアは、四面すべて広々とした展望窓だ。強度を得るためか、格子状に桟が組まれている。

現代の科学をもってすれば、この壁面を楽に登っていけるはずだ。たとえば軍事用に、ヤモリのようにガラスや壁面を登っていける手袋が開発されている。

もしこれが「仕事」なら、迷わず科学の力を借りるだろう。失敗したくないから。

だが、それでは自分への挑戦にはならない。

史奈は自分の力だけでこの壁を登りたかった。ロープや命綱を使うのはいい。人間にはできることと、できないことがある。重力に逆らうことはできない。やみくもにスリルを求めているわけでもない。挑戦にスリルはつきもので、乗り越えなければならない壁だ。

縦に走る窓の桟の間隔を目算する。史奈が両手足を突っ張り、自分の体重を支えることができる距離かどうか。史奈の手足でしっかりホールドできるくらい、ガラス面から桟が飛び出しているかどうか。

——距離はなんとかなる。

問題は、桟がガラス面からほんの数センチほどしか出ていない点だ。

史奈は、手近な鉄骨に、命綱をしっかり巻きつけた。万が一の時には、ここに戻ってこられる。鉄骨に叩《たた》きつけられないよう、注意する必要があるけれど。

なるべく両足を鉄骨の先端に巻き付けて、ゆっくり上半身を起こし壁面に身体を沿わせた。展望フロアの内部が見える。もしここに誰かいても、今の史奈は透明で、誰にも見えないはずだ。

左右の窓の桟をつかんで両手を突っ張り、呼吸を整えた。

次の瞬間、鉄骨に巻きつけていた両足を外し、壁面に持ち上げた。いっきに、両腕に体重がかかる。足場を探し、どうにか桟にかけられたところで、ひとまずホッとした。

少しずつ、手足を交互に動かして、上へ上へと登っていく。今ごろ、和也は連絡を待ちながらハラハラしているだろう。

(降りる体力も残しておけよ)

ふいに、篠田俊夫《しのだとしお》の豊かな声が聞こえた気がした。

そんなことを、篠田に言われたことはない。だが、いかにも慎重な彼が言いそうなことで、史奈は微笑した。

千葉の農家に弟子入りして、農業を学んでいる篠田とは、数か月会っていない。それでも、会えば普通に話せる自信がある。

いったん、両手足四点でのホールド姿勢ができてしまえば、あとはアリのように無心に登るだけだ。

二階分の窓を慎重に登り、張り出した展望フロアの屋根に手がかかった時には、さすがに安堵《あんど》のため息が漏れた。

柵を乗り越え、ひと息いれながら夜景を見下ろす。

見渡す限りの、光の粒。

深夜一時近いというのに、このまばゆさ。

ずいぶん、里とは違う光景だ。里の夜はどろりと濃かった。新月の日など夜目のきく史奈にも暗く、獣の臭いと野山の木々や草の匂いがむせかえるようだった。

——なんて明るい夜。

夜空がこんな、薄墨を流したような色をしているなんて。

オフィスビルとおぼしい建物にすら、あちこち明かりが灯《とも》っている。都会の人間は、〈梟〉と同じで眠らないのだろうか。

それとも、あの光のどこかにも、まだ自分たちが出会えていない〈梟〉の一族が、潜んでいるのだろうか。

「いまメインデッキの上に到着」

通信装置で和也を呼び出す。

『良かった！　心配してたんだ』

飛びつくように和也が返事をする。彼は〈カクレ〉だ。一族の血を引くが、眠る人だ。

「大丈夫。頂上付近まで行って、それから降りるから」

『そこまで登れば、実験としてはもう充分だよ。望遠レンズつきのカメラで、ずっと君を探していたんだけど、どこにも見えない。実験は大成功だから、もう降りていいよ』

「ううん。せっかくここまで来たから、最後まで登りたいだけ。降りたらまた連絡する」

言い出したら聞かない性格だと、和也も承知している。だから、それ以上は引き止めなかった。

通信を切り、登攀《とうはん》を再開するまで、東京の夜景を眺めていた。むしょうに心を惹《ひ》かれる、眠らない街の風景だった。

1

国会図書館のデジタルコレクションは、趣味と実益を兼ねた「暇つぶし」の宝庫だ。

榊史奈は、インターネットで一般公開されている史料を図書館の端末で開き、流麗なくずし字で書かれた豊臣秀吉《とよとみひでよし》の書簡を、無心に拾い読みしていた。

――『豊太閤真蹟集《ほうたいこうしんせきしゅう》』。

一九三八年に東京帝国大学史料編纂《へんさん》所が解説を加えて書籍にしたものだから、内容的に目新しいものはない。だが、太閤の真筆とされる手紙や短冊などが掲載されており、のびのびとした筆跡の、どことなく人柄を感じさせる文字を、くずし字判読をサポートするAIの力を借りながら解読していると、古文書を読み解く練習になる。

真筆からは、今から四百年以上前に生きていた武将だとは思えないほど、生き生きとした人物像が立ち上がる。

それはむろん、史奈が歴史や戦国時代の武将の名前などに、子どものころから慣れ親しんできたからかもしれない。

史奈は、もうじき二十歳になる。

滋賀県犬上《いぬかみ》郡の、一族の里が壊滅に追いやられた事件から、およそ四年の月日が流れ、彼女はいま、大学二年生だ。

史奈の日課は、里にいたころとはすっかり変わった。

里にいれば、学校、畑の世話、鍛錬、家事、学業で一日が淡々と過ぎていく。祖母の桐子は上手に史奈に仕事を与える人で、十六年間、退屈などさせたことがなかった。

だが、大学入学と同時にひとり暮らしを始めた今は、時間を管理するのは史奈自身だ。

大学は、一族のもとに残された古文書を解読するため、歴史学を学べる学科を選んだ。父の榊教授は、自分が勤務する私立大学に来ればいいと言ったが、断って別の大学に入学した。父親の地位や立場に甘えず、自立したかったからだ。

それに、榊教授と自分が親子であることを知っている人間は、少なければ少ないほどいい。〈梟〉は闇の一族だ。榊教授は仕事柄、公の場に姿を現し、名前も人目にさらさねばならない。互いの関係を隠しておけば、いつか何かの場で必ず役に立つ。

事件で名前と顔写真がテレビで何度も放映され、新聞などにも載ったため、史奈は東京で高校に通うのは諦めた。独学で高等学校卒業程度認定試験に合格し、大学受験したのだ。名前を変えることも考えないではなかったが、事件のために自分が自分でなくなるのは理不尽だ。

いまは大学で日本史を学ぶかたわら、週に五日は警備会社で夜勤のアルバイトをし、学費と生活費を稼いでいる。毎日仕事を入れないのは、「いつ寝ているんだ」とアルバイト先の大人たちが心配するからだ。睡眠が必要ない体質なのだとは、明かしたことはない。

大学の近くにワンルームマンションを借り、食事はなるべく自炊するが、畑を耕す必要はないし、スーパーに行けばなんでも揃《そろ》っている。手軽だが、畑からもいだばかりのトマトやキュウリでサラダを作る生活が、少し懐かしくはある。身体がなまるのも心配だ。

大学二年になっても、友達はいない。同じ講義を受ける顔見知りは大勢いるが、話しかけられても本当のことを言えないし、飲み会に誘われてもアルバイトで忙しいからと断った。でも、そういう学生も、今どき珍しくはない。

「そろそろ閉館ですよ」

遠慮がちな声をかけられ、史奈ははっと顔を上げた。壁の時計の針が、午後九時を差そうとしている。

急いでブラウザを閉じ、立ち上がった。

史奈の持ち物は、足元に置いてあった小さな黒いリュックだけだ。

「遅くまですみませんでした」

「いいえいえ。作業ははかどりました？」

「少しは。まだ勉強を始めたばかりの初心者ですけど」

毎日のように顔を見せるので、すっかり顔見知りになった司書が、笑みを浮かべる。初心者とは言ったものの、史奈はすでに、一族に残された古文書をあらかた読める程度には、くずし字に精通していた。

なにしろ、人前に出られなかった三年間、勉強以外にすることもなかったのだ。

ただ、「読める」ことと内容を理解できることは、別だ。

——さて、今日はこれからどうしよう。

史奈は軽いリュックを背負い、図書館を出て、すっかり夜に包まれた大学構内で空を見上げた。初夏のむっとするほど生温かい気配が、あたりを取り巻いている。

史奈は足に吸いつくような細身の黒いパンツに、夜明けの空のような薄紫色のブラウスをふんわり着ている。どちらも自在に伸縮する素材で、身体の動きをさまたげない。

祖母を失った今、何を着ようと、どんな暮らしをしようと自由だ。

だが、今でも史奈のファッションの選択基準は、目立たないことと、活動的であることだった。その服を着て、ビルの壁を三階まで駆け上がれるかどうかが、大事な目安なのだ。

——〈梟〉とは、生き方だ。

近ごろ、史奈はそう感じる。

彼ら血族を総称するのみならず、一族が選んだ生き方が〈梟〉なのだ。知恵をたくわえ、眠らず、夜の世界を自由に生きる。

今日はアルバイトがなく、この後の予定もない金曜日だった。高円寺《こうえんじ》の自宅に戻って、自分のパソコンで先ほど読みかけていた『豊太閤真蹟集』の続きを解読してもいい。それとも、新宿か渋谷に出かけようか。東京の繁華街には、夜になっても人間があふれている。

——午後九時。

もう、大学構内に残っている学生は少ない。かわりに、出入り自由な敷地では、近所の住民が犬を散歩させていたり、市民ランナーが黙々と走り込んでいたりする。

——静かだ。

史奈はそっと目を閉じる。

東京に暮らしていても、彼女の心は今も里にある。こうして目を閉じると、建付けの悪い古い家を、吹き抜けていく風の音が聞こえる。家の裏手の畑には、祖母と史奈の食卓を支える季節の野菜がふんだんになっていた。河内《かわち》の風穴を思えば、夏でもひんやりとした空気を感じることもできる。

ふるさとは失われたが、彼女の記憶と心から奪うことは誰にもできない。

腕に巻いたスマートウォッチが振動し、メッセージの到着を知らせた。史奈はスマートフォンを取り出した。

『諒一《りよういち》がアテナと契約する』

必要最低限のことしか書かないのは、いかにも長栖容子《ながすようこ》らしい。

彼女は体育大学の四年生でスポーツ医学を学んでおり、競技生活も続けているが、兄の諒一は卒業して、実業団の陸上競技部を持つ警備会社に就職していた。

「今の会社は辞めるの？」

『辞める。アテナと専属契約を結ぶって』

諒一はこの数年、長距離競技で目立った成果を上げられずに苦しんでいた。彼のせいではない。世界を襲った新型コロナウイルス禍のせいで、スポーツ大会そのものが中止されたり、競技への注目を集められず、運営が低迷したりしたのだ。

里の縛りが消え、公的な大会にも自由に参加できるようになった、その矢先のことだった。さぞかし諒一はがっかりしただろう。トップアスリートが、トップであり続けられる期間は、そう長くない。じりじりして、競技大会の再開を待ったはずだ。

ようやくウイルス禍が落ち着き、競技大会も本格的に再始動した昨年、解き放たれた諒一は国内のマラソン大会で堂々たる一位を取った。余人を寄せつけぬ、とあるスポーツ新聞によれば「鼻歌まじりの」優勝だった。

スポーツ用品メーカーのアテナと契約すれば、広告などに起用される機会もあるかもしれない。諒一はああ見えて自信家で、実力もあるから、期待されれば期待されるほど結果を出すタイプだ。会社を辞めれば、会社員としての定収はなくなるが、契約金でそれを補えると見たのだろう。

「心配いらない。諒一なら大丈夫」

『心配はしてない。ただの報告』

そういう容子は、卒業後の進路を決めたのだろうか。

聞いてみたいが、容子の性格には気軽な質問をためらわせるようなところがある。

別れの挨拶も「おやすみ」の言葉もなく、メッセージはそこでパタリと途絶える。

〈梟〉の一族は、眠らない。

だから、「おやすみ」を言ったことがない。

史奈の足は駅に向かった。今夜は新宿で「人間観察」をしよう。史奈がひとりで繁華街を歩くのは、生きた人間の気配を感じられるからだ。生身で、とりあえず目的があって、人生を少しは楽しんでいるらしい人間たちの。

史奈はまだ、自分が何を目標に生きていくべきか、たしかな手ごたえを感じていない。一族に残された古文書を解読するという目標はあるものの、あくまでそれは実務的な仕事のひとつにすぎない。

諒一や容子のように、スポーツの世界で頭角を現したいとも思わない。

——わたしは、どう生きていけばいいの。

榊教授や容子たちは、そんなに焦らなくてもいいと言う。いつかは必ず、史奈も自分の目標と人生の目的を見つける日が来る。そう慰めてくれる。

——けれど。

史奈は里から不本意な形で引き離され、自由を得た今、やるべきことを見出《みいだ》せず、ただ漂うように生きている、気がする。

そんなとき、眠らない〈梟〉の夜は、とてつもなく長い。


貼りつくような視線を、ずっと感じていた。

歌舞伎町《かぶきちょう》を歩くと、時々じっとりと自分を見る目に気づくことがある。ねばつくような、微熱を含んだ視線だ。

だが、今夜はそれとは違う。殺気が漂っている。相手はひとりではない。史奈を見失わないようにするためか、複数の視線が入れ替わり立ち替わり追ってくる。学校を出る時から、いつもと違う雰囲気に気づいていたが、新宿に来てそれがはっきりした。

最初、またマスコミが現れたのかと思った。

四年前の事件の後は、しばらく記者たちに悩まされた。限界集落の住人がひとり殺され、あとの全員が姿を消すという猟奇的な事件だったことや、郷原《さとはら》感染症研究所が関係していたことなど、ニュースの種には困らなかっただろう。

襲撃を受け消滅した集落から、たったひとりで逃げ延びた十六歳の少女は、ニュースを制作し、あるいは消費する側にしてみれば、さぞ美味《おい》しそうに見えたのだろう。

それで史奈が怖気《おじけ》づくことはなかったが、常に監視の目が光っていると、いつ一族の秘密が漏れるかもしれない。面倒な騒ぎになるのは困る。

最近では、記者の姿を見かけることもなかったが、また四年前の事件を蒸し返そうというのだろうか。

だが、記者にしては殺気が強すぎる。

間合いを測っている。こちらの技量を読み、どこまで近づけるか計算している。

——何者だろう。

警察なら、史奈を尾行する理由がない。

ガラス張りの寿司《すし》屋の前を通る時、ガラスに尾行者が映るよう、さりげなく立ち止まって髪を直してみた。

近づいてきた若い男が、歩調を緩めることなく、そ知らぬ態《てい》で歩き過ぎた。

安い毛染め剤で傷めたのか、チリチリの黄色い髪をした男だった。

周囲の尾行者たちの体温が、すっと冷えるのを感じる。

(気づかれた!)

囁《ささや》きかわす心の声が聞こえるようだ。

彼らは大学図書館から尾行してきた。まだ自宅の場所までは知られていないかもしれない。それなら、今夜はこのまま自宅に戻るわけにいかない。

史奈は何事もなかったかのように再び歩きだし、角を曲がったとたん、走った。

繁華街が好きな理由のひとつは、遮蔽物がふんだんにある点だ。看板に飛び乗り、ビルとビルの狭い隙間に飛び込むと、両手両足を使って登っていく。

カラオケルームの大看板が目立つ五階建ての屋上に隠れてしまえば、もう見つかるはずがない。相手が何者か見てやるつもりで、史奈はそっと屋上から顔を覗《のぞ》かせた。

――いた。

先ほどとは違う若い男だ。長めの黒髪はくせが強いらしくあちこち飛び跳ね、Tシャツにグレーのパーカとジーンズ姿で、史奈を探しているのか、周囲を見回しながら行き過ぎようとしている。精悍《せいかん》で、野性の獣を思わせる身軽な足取りだ。Tシャツの前身ごろには、写真のようにリアルな狼《おおかみ》の絵が印刷されている。遠目だが、スマホで写真を撮った。

男は史奈がいるカラオケのビルから数歩離れた場所で、急に立ち止まった。

――えっ。

ふいに上を向いた男が、正確に史奈のいる屋上を見つめていた。

ギョッとした史奈は、思わずしゃがんだ。隠れたつもりだが、見られたかもしれない。

ほんの一瞬、視線が交わった気がする。

若い。史奈といくらも歳《とし》が違わないように見えた。夜なのに濃い色のサングラスをかけているのが奇異な印象だった。

――今のは何だろう。

こちらの気配を悟られたのだろうか。こんなに離れているのに。史奈が屋上まで駆け上がれたのは修練のたまもので、普通の人にできることではない。迷わず屋上を見たあの男は、どうして感づいたのだろう。

とにかく、ここでじっとしていては見つかってしまう。

裏のビルは、今いるビルより二階分、背が高い。登るのはたやすいが、地上にいる男から見えてしまいそうだ。

隣のビルの非常階段が目に入った。

――あれなら。

手前に空調設備があり、路上にいる男からは死角になる。

気づいてすぐ、姿勢を低くしたまま動きだした。屋上の裏手に向かい、フェンスを乗り越えれば、非常階段までは二メートルあまり。助走はつけられないが、この距離なら飛べる。

危なげなく非常階段に着地して、音をたてないよう静かに下りる。途中、三階の扉に鍵がかかっておらず、ビルの中を覗いてみると、スナックが連なる通路につながっていた。

しばらく時間をつぶすべきかどうか、迷う。

――まさか、隣のビルから出てくるとは思わないだろう。

あの男たちが何者かはわからない。なぜ自分を尾行しているのかも。できれば、彼らの尾行を撒《ま》き、逆に正体を突き止めてやりたい。

まずは薄紫のブラウスを脱ぎ、リュックに突っ込んだ。ブラウスの下は黒いTシャツで、服装の印象が少し変わる。

酔客でにぎわう通路を、好奇の視線を避けて顔を伏せるように通りすぎ、客用の階段を一階まで下りる。

ビルの出入り口に隠れ、先ほどの男たちの姿を探した。

狼Tシャツの男はいなかった。おそらく、諦めたわけではない。史奈を追って、カラオケルームの屋上を目指しているのではないか。

少し離れた場所から、カラオケルームの屋上をじっと見上げているのは、寿司屋のガラスに映った黄色い髪の男だった。

史奈はスナックのビルから、なにげない態度を装って出た。少し離れて、彼らを監視し、逆に尾行するつもりだった。

ラーメン店の大きな看板が、手ごろな遮蔽物になってくれそうだ。陰に隠れ、手鏡で黄色い髪の男の様子を見守る。

ふいに。

黄色い髪の男が、顎を上げた。首をかしげ、目を閉じて顔をあちらこちらに振っている。

その顔が、正確に史奈のいる位置に向けられた時には、さすがに心臓が跳ねた。

──嘘《うそ》でしょ！

向こうはスマホで誰かに連絡しようとしている。もう、正体を突き止めるため尾行し返そうだなどと、企《たくら》んでいる場合ではない。

──逃げよう。

史奈は駆けだした。

「あっ、逃げた！」

後ろで男が叫んでいる。足音が追ってくる。

なぜ見つかったのか、思い当たる節がない。視線を感じたのだろうか。それにしては、こちらの居場所を探る風情があった。

意外に道が狭く混雑する歌舞伎町を、誰にもぶつからず飛ぶように駆けるには技術がいる。周囲の人間は、あるいはギョッとして立ちすくみ、あるいはぶつかると感じて思わず目を閉じてしまう。だが、史奈の身体は彼らに触れそうになる瞬間、まるで風のようにするりと避《よ》けて、彼らがおそるおそる目を開いた時にはすでに、何メートルも向こうに走り抜けている。

本来なら、追いつける人間などいるはずがない。史奈と同じように鍛錬してきた人間でもなければ。

――まだ追ってくる。

驚きと、かすかな嫌悪とともに、史奈は背後の足音を耳にした。

そんなはずはない。いったい、彼らは何者なのだろう。

足音はもう、ひとつではなくなっていた。おそらく、黄色い髪の男と狼のTシャツの男だ。ふたりが史奈から引き離されることなく、しっかり追いついてきている。

時々、背後で大きな音がして、悲鳴と鋭い罵声が上がるところを見ると、彼らは走りながら周囲の人間にぶつかって、強引に弾《はじ》き飛ばしているらしい。

――無粋。

祖母なら、修行の足りない粗忽《そこつ》ものと一喝したことだろう。

それにしても、なかなか振り切れない。

角を曲がって路地に飛び込み、これなら見つからないだろうと思っても、引き離すことができない。まるで史奈の航跡が見えているかのように、きっちり追いかけてくる。

ひとつ、半信半疑ながら、彼らが史奈を見失わず、追ってこられる理由に思い当たった。

——だけど、まさか。

確かめる方法はある。

——あんまりやりたくないけど。

走りながら、史奈はずっと、「手段」を探していた。大久保《おおくぼ》の、韓国やアジア諸国の料理店が並ぶあたりで、やっと見つけた。

店の前にテーブルと椅子を並べ、客たちが飲み食いして歓談している。スパイシーな好《い》い匂いが、どこを走っても漂っている。

「それもらうね！」

食べ終えて、スープだけ残ったチゲを見つけ、椀《わん》ごとかっさらった。仰天する客に抗議の暇《いとま》も与えず、彼らが驚きの声とともに立ち上がった時にはすでに、史奈は一ブロック先に行ってしまっている。

また角を曲がり、ふたり組が追いつく前に、頭からチゲのスープをかぶった。椀を捨て、ぽたぽた髪から垂れるスープを身体のあちこちになすりつける。目を丸くしている酔客たちが好奇心を抱く前に、別の路地に飛び込んで目についた階段を駆け上がった。

マンションの裏階段だ。

四階の踊り場で息をひそめていると、追ってきたふたり組の足音が、迷うように乱れるのが聞こえた。

「――どっちへ行った？」

「――わからんなあ。あっちかな」

唸《うな》るように話しながら、路地を行きつ戻りつして、狼Tシャツの男が道端に落ちていた空のペットボトルを蹴ったようだ。

「たぶん、気づかれたな」

「なんでわかったんだろう？」

「さあな。もう少し、向こうを探してみよう」

彼らの足音が遠ざかるのを待ち、史奈はため息をついた。

間違いない。

匂いだ。

あの男たちが史奈の居場所を正確に知ることができたのは、嗅覚がすぐれているからだ。彼らは、史奈の匂いを追ってきたのだ。

「いったい、何者？」

混雑する歌舞伎町で、大勢の中からたったひとりの人間の匂いを嗅ぎ分けるなんて、まるで警察犬のようではないか。

常人にはできないレベルのことを、やすやすとやってのける人間がいる。興味が湧いた。

史奈はそこで、顔をしかめた。

さっきかぶったスープの香りが、自分にまとわりついている。スンドゥブチゲは大好きだが、頭からかぶりたくはない。

——帰ってシャワーを浴びないと。

この姿で電車に乗るのは気が引ける。史奈の足なら二十分もかからないから、歩いて帰るに限る。

2

「史ちゃん、こっち」

長栖容子が手を振っている。

新幹線の米原《まいばら》駅で落ち合おうと言われた。

昨夜、妙な男たちに尾行されたことを榊教授に報告すると、いったん東京を離れたほうがいいと提案された。

（相手の正体と、目的が知りたい。こちらで探ってみるから、史奈はしばらく多賀《たが》に行

ってなさい）
ちょうど、多賀に行く目的もある。

「レンタカーを借りたから、車で行こう」

容子はあいかわらず言葉少なに、史奈のキャリーバッグをひとつ奪うように受け取り、歩きだした。

「容子ちゃんまで来ることなかったのに」

榊教授には、すこし過保護な面がある。史奈が六つになったころから、十六歳になるまで、十年も離れて過ごしたせいだろうか。教授のなかで史奈は、まだ六歳の少女のままなのかもしれない。

「相手がわからない以上、用心したほうがいい。ちょうど〈お水取り〉の時期だし」

容子がキャリーバッグを軽自動車のトランクに押し込み、運転席に乗りこんで言う。

史奈が持参したふたつのキャリーバッグのうちひとつには、失われた〈梟〉の里から水を汲《く》んで帰るための、折り畳み式のポリタンクが詰め込まれている。

一族の者は、新しく生まれたその儀式を、〈お水取り〉と呼んでいた。井戸から汲み上げるその水には、一族の者が〈シラカミ〉と呼ぶ病の発症を抑える効果があるようで、今は里を離れた一族の者たちも、月に一度、少しずつ摂取するようにしている。

榊教授と栗谷和也が水に含まれる成分を分析し、薬効成分を抽出しようとしているが、まだ実験の段階なので、月に一度、水を汲んで配るほうが現実的なのだ。

米原駅から線路に沿って中山道《なかせんどう》を南下し、途中で旧中山道に入る。江戸のたたずまいを今に残す、車二台がぎりぎりすれ違えるくらいの狭い道路を、走り続ける。容子は何をやってもそつがないが、車の運転も的確だった。

「江戸から六十三番目　とりいもと宿」と書かれた宿場跡の看板を横目に見ながら、史奈は呟《つぶや》いた。

「私も車の免許を取ろうかな」

東京にいれば乗る機会は少ないだろうが、いざというときに車が使えると有利だ。

「史ちゃんなら、きっとすぐに取れる。それより、昨日の男たちの話を詳しく聞かせて。嗅覚が人並み以上に鋭かったって？」

「たぶんね」

大学図書館を出たところから、歌舞伎町で尾行に気づき、逃走したところまで詳しく話して聞かせた。一枚だけ撮影した写真は、榊教授にも送ってあるが、夜で遠目だったので、ピントも甘くほとんど判別は不可能だろう。

話を聞いても、容子はしばらく無言で車を走らせていた。

見通しのよい田畑に囲まれた、鄙《ひな》びた風景を眺めながら、史奈は容子の言葉を待った。

「――ねえ、史ちゃん。考えたことはない？　私たちみたいな特殊な能力を持つ人たちが、ほかにもいるかもしれないって」

――私たちみたいな特殊な能力。

眠らない〈梟〉は、その長すぎる活動時間と恵まれた身体能力を最大限に活用し、甲《こう》賀《か》忍びに人材を提供してきたという。

だが、自分たち以外にも、別の能力を持つ人々がいたとしても不思議ではない。

昨夜の男たちもまた、そうした特殊能力を持つ集団なのだろうか。

「先に神社にお参りするの？」

米原から多賀まで十五分ほどだ。容子が多賀大社の駐車場に車を入れたので、尋ねた。

「人に会う約束をしているから」

容子が多くを語らないのはいつものことだが、もどかしいこともある。

まっすぐ多賀大社にお参りするわけではなく、容子が向かったのは、参道だった。まだ暖簾《のれん》も出ていない古い日本家屋風の懐石料理店の入り口をくぐり、容子は店の人にひとことふたこと告げて、慣れた様子でさっさと二階に向かった。

「教授に頼まれたの。私たちふたりで会ってみてほしいって」

「誰に？」

「じきわかる」

かしこまった雰囲気の店ではないが、年季の入った日本家屋は、それだけでどっしりと落ち着いた趣がある。黒く煤《すす》けた木の柱に触れて、史奈はふと数年前まで祖母と暮らしていた里の家を思い出し、懐かしんだ。

「失礼します」

廊下から声をかけ、容子が襖《ふすま》をすらりと滑らせると、座敷に用意された座卓と、その奥に座る着物姿の年配男性が見えた。

「本日は遠いところをわざわざ。長栖容子さんと榊史奈さんですか。これはまた、大きくなって」

真っ白な髪を耳の下まで伸ばした男性が、目を細めて史奈と容子を見た。孫ほども年齢の離れた女性ふたりに、どう相対すればいいか、戸惑う風情も感じる。

――誰？

向こうはこちらを知っているようなのに、こちらは記憶にない。それは少々、居心地の悪い状況だ。

「出水敏郎《いずみとしろう》です。榊桐子さんとは、長年やりとりを続けていましてね。十年以上も昔のことですが、里にも一度、呼んでいただいて、お邪魔したことがあります」

そう聞いて、男性の容貌を見直す。

長い真っ白なもみあげと、目にかぶさりそうなほど伸びた白い眉毛に、見覚えはない。髪が真っ白なわりに顔は若々しく、年齢が読みにくいが、六十代より下ではないだろう。

「どうぞ、ゆっくりしてください。何か食べませんか。ここはおそばも美味しいけど、鰻《うなぎ》やすき焼きも美味しいから」

　言われて、向こうは座ったまま、こちらは立ったままだったことに気がついた。

「私たち、朝食をとったばかりですから。出水さんはどうぞ召し上がってください」

　腰を下ろしながら、あっさり容子が断る。朝食をとったばかりというのは嘘だった。初対面に等しい相手と、こんな成り行きで食事するのは抵抗がある。

　出水が微笑み、「それなら」と言って背後から内線の受話器を取り、お茶を頼んだ。愛想のいい女性が一階から茶器を持ってきてくれるまで、出水と世慣れた容子が天候や多賀町についての世間話で場をつなぐ。こういうところが、史奈はまだ容子の足元にも及ばない。〈梟〉のリーダー〈ツキ〉のひとりとして、早く大人にならなくてはいけないと焦る瞬間だ。

「糸切餅、よろしければどうぞ召し上がってくださいね」

　お茶に添えて出された、白地に赤と青の糸のような線が描かれた餅菓子を見て、郷愁を覚えた。多賀の名物だ。

「ごゆっくりどうぞ」

　襖が閉じられ、静かな足音が階段を下りていく。

「糸切餅の由来を知っていますか」

出水が微笑みながら尋ねた。容子が頷《うなず》く。

「和軍と元が博多《はかた》湾で戦った時に、全国の神社を挙げて戦勝祈願をしたそうですね。多賀大社にも船塚《ふなつか》があります」

「そう、元寇《げんこう》を退けた後の話です。赤と青の三本線は蒙古《もうこ》の旗印、それを餅に書いて弓の弦で切り、戦勝への感謝の印として多賀大社に奉納したのが始まりとか。一度目の文《ぶん》永《えい》の役が一二七四年、二度目の弘安《こうあん》の役は一二八一年と、どちらも十三世紀の後半です。七百年以上も昔の戦が、現代に餅菓子という形で伝わっている。面白いですね」

容子が黙った。彼女の沈黙は、冷たいステンレス鋼のナイフを思わせる。

本題に入るよう、容子が沈黙で促したのは通じたようだ。出水が軽く咳払《せきばら》いし、容子と史奈をかわるがわる眺めながら尋ねた。

「――ではさっそく。榊教授が来られず、お嬢さんがたが見えたのはなぜですか？」

――この男、榊教授と自分の関係も知っている。それどころか、祖母のことも知り、里にまで来たことがあるとも言っている。

史奈が口を開く番だった。

「出水さんは、父になんと言われたのですか？」

「〈梟〉の代表者とお話ししたいと」

「なるほど。だから、私たちが来ました」

出水がしばし沈黙したが、容子とは質の異なる沈黙だ。混乱かつ困惑し、年長者が年少者に嘲弄されたかのような怒りすら、かすかに含んでいる。

——少女と呼んでもおかしくないような、若い娘ふたりが取引の相手になりうるのか。

やがて出水が居住まいを正した。

「——いいですか。私の祖父は、旅順《りよじゆん》攻囲戦で村雨《むらさめ》少尉と一緒に戦いました」

村雨という名を聞き、容子が静かに肩をとがらせるのを感じた。

村雨家も、昔は〈梟〉の〈ツキ〉のひとつだったと聞いている。だが、明治政府に仕え二〇三高地の戦いで活躍した村雨家の跡取りが〈シラカミ〉という奇病を発症し、昭和初期には寝たきりの病人として里に戻ってきた。

「村雨少尉は、人間離れした体力と活力をお持ちだったそうです。夜も眠らずに、他人の何倍も働いたと祖父は話していました。代々、〈梟〉の一族は忍びとして時の権力者に仕え、その治世を盤石のものにしたとも」

出水は、知りすぎている。

そのことに、かすかな不安を覚える。部外者のくせに、なぜこんなに一族のことを知っているのだろう。

「——昔の話です」

史奈の言葉を聞き、出水は失望したように顔をしかめた。

「そんなありふれた言葉を聞きたくて、ここまで来たわけではない」

「ではあなたは、何のために私たちに面会を求めたのですか？」

〈梟〉の一族が、甲賀忍びに人材を提供したり、諜報《ちょうほう》要員として政府や軍に里の者を送り込んだりしたのは、村雨家で最後と聞いている。

村雨家の跡取りが〈シラカミ〉になって戻ったことも原因のひとつだろう。だがそれ以上に、昭和の初めには、里はすでに存続が危ぶまれるほど人口が減っていたのだ。

それに、時代は変わった。インターネットで世界中の情報を収集できる時代に、忍びの存在意義はあるだろうか。

出水の表情が一変した。彼はぐいと身を乗り出し、炯々《けいけい》と輝く目でこちらを睨《にら》むように見つめた。

「〈梟〉の力を借りたい」

史奈は口をつぐんだ。

一族の子どもたちは、物心つくとすぐ、里の野山を駆け回り、鍾乳洞《しょうにゅうどう》を探検し、身体を鍛える。鍛錬の内容は、おそらく戦国時代から連綿と受け継がれている。すぐれた身体能力を持つ〈梟〉の子どもたちにも、血のにじむ努力を強いる鍛錬だ。気を抜いてしくじれば、大怪我《おおけが》をしかねない。

そこまでして、鍛錬するのは何のためだ。

（史ちゃん、ええか。人間のなかには、世の中を変えるために生まれてくる者がいる）

祖母の声が、はっきり聞こえた。いつだったか、史奈が鍛錬の目的を見失ったと告げたときに、茶の間で向かい合って話したのだ。

（ふつうの人間が、美味しいものを食べ、幸福な家庭を営み、己の暮らしを整えて満足するところ、深い業を背負った者だけが、それでは満足できんのや。その者らは、良くも悪くも世界を変えようとする。身の回りの手が届く範囲だけでなく、地域や、国や、この星そのものを変えようとする。そういう人間が、歴史を動かす。未来をつくる）

（〈梟〉が歴史を動かすの？）

（いいや史ちゃん、残念ながら、そうじゃない。〈梟〉の一族は常に、歴史を動かす人間を、陰で支える存在やった。そういう人間のなかには、利己的だったり目的が歪《ゆが》んでいたりする者もいる。そういう人間が歴史を動かすと、乱世になるのや。大勢が死んだり、厳しい生活を強いられたりする。だから、そうならないように、〈梟〉は正しい相手を選び、協力してきた。それが〈梟〉の力を活《い》かすということ）

〈梟〉には人並み以上の力がある。歴史を正しい方向に動かす人物を見出して支え、諍《いさか》いをなくし、問題を平和裏に解決する。そうすることで、この世から戦争をなくすことができる。乱れた世を糺《ただ》すことができる。

必要なのは、心根が正しく、くじけぬ粘り強さと力量を持つリーダーだ。

「あなたは何のために〈梟〉の力を必要としているのですか」

史奈は背筋を伸ばし、半眼になった。

表面は凍った湖のように静かだが、心は波打っている。この半世紀、〈梟〉は限界集落と呼ばれる里に逼塞《ひっそく》し、新たな任務に就くこともなく、いつの日か一族の才能を活かす日が来ると信じて、ただ無心に技量を磨いていた。

そうするしか、なかった。

――なんのために鍛錬するのか。

その問いに答えられる日が、ついに来るのだろうか。自分たちの時代にも。

「これを見ていただきたい」

出水が座卓に資料を広げた。

何枚かの写真と、細かい数値が列挙された表だ。写真に写っているのは、陸上競技の海外の女性選手のようだ。史奈は陸上競技にさほど詳しいわけではないが、それでもニュースで見かけたことがあるくらいの一流選手だ。

「先月、中国で開催されたアジア競技大会で撮影されたものです」

容子の兄、諒一もマラソン競技に出場し、優勝した。その模様は史奈もテレビで見ていた。

「この大会で、深刻なドーピングが行われた形跡があります」

「ドーピング？」

鋭く反応したのは容子だった。彼女は自分自身も陸上競技の選手として活躍しているから、聞き捨てならなかったのだろう。

「日本の選手なら日本スポーツ振興センターに通報窓口がありますし、外国籍の選手なら世界アンチ・ドーピング機構や国際検査機関の通報窓口がありますから、まずはそちらに一報入れたほうが良いと思いますが」

「それが」

出水は眉根を寄せた。

「現状では、このケースはドーピングを指摘して立証するのが難しいのです。いわゆる、遺伝子ドーピングと呼ばれるケースです」

容子が息を呑《の》んだ。

「まさか――」

遺伝子ドーピングという言葉は、史奈もまんざら知らないわけではない。なにしろ、父親の榊教授は生命科学を研究しているし、その弟子の栗谷和也もそうだ。遺伝子にまつわる話題も多いし、自らのルーツを探る史奈も、当然ながら関心は高い。

一般的なドーピングとは、スポーツにおいて禁止されている物質や方法を使って、意図的に競技力を高めることとされている。ステロイドを使って筋肉量や筋力を増強したり、赤血球の造血作用を高めたりすることが真っ先に思い浮かぶ。こうしたルール違反は競技の公平さを損なうのみならず、薬物の多用により選手自身の健康を損ねる恐れもあるため、禁止されている。

だが、実際には少しでも競技の成果を上げるために、選手本人やコーチなどがドーピングに手を染めることは今でもある。

遺伝子ドーピングとは、一時的な薬物投与ではなく、遺伝子を編集したり組み替えたりする最先端の技術を使って、恒常的に身体機能を高めようとする手法だ。

遺伝子レベルでの人為的な介入を立証することは、技術的には不可能ではないそうだが、選手全員にそんな検査を受けさせるのが現実的かどうかといえば、おそらく現時点では現実的ではない。

「この写真は、われわれが遺伝子ドーピングを疑っている、エマリスタンのザーシャ・ドロウスカヤです。アジア競技大会では、八〇〇メートル女子の部で世界新記録を出して優勝しました」

史奈は写真を手に取った。

ドロウスカヤという選手は、出水によれば今年二十一歳とのことだ。顔立ちには幼い雰囲気を残すが、身体を見れば筋肉がしっかりとつき、厳しいトレーニングに耐えた日々が透けて見えるようだ。

「彼女が遺伝子ドーピングを行ったと見る理由は何ですか？」

明らかになれば競技者生命を失うだけではない。スポーツマンシップが要求される世界で、「おまえはズルをした」と言われることは、史奈なら耐え難いと思う。だからこそ、その告発に間違いがあってはならない。

「内部告発ですよ。エマリスタンは、ウイルス禍の直前に遺伝子操作の研究者を三名、首都の大学に受け入れていた。ここ数年、ウイルス禍で競技大会が軒並み中止されるなか、時間だけはたっぷりあった。ドロウスカヤだけでなく、男性三名、女性二名の計五名の選手に対し、遺伝子ドーピングを行ったというんです」

出水の話に興味は湧いたが、同時にとまどってもいた。それは、遠い海外で起きた話だ。出水はいったい〈梟〉に何を求めているのだろう。

「エマリスタンに飛んで調査してほしいと頼んでいるわけではありません」

出水が机の下から封筒を取り出した。

「エマリスタンに招聘《しょうへい》されていた研究者のひとりは、日本人でした。彼は今、日本に戻っているはずですが、勤務先である製薬会社の研究室には、出社していないんです。居場所を探しています」

封筒から取り出されたのは、やはり写真と書類だった。

「この数年間、彼は海外で思う存分、遺伝子ドーピングの技術を検証する機会があったはずです。日本に戻って、また同じ研究を今度は日本の競技者で試そうとするかもしれない。それを、止めさせたいのです」

出水の言葉が本当なら、スポーツ界にとって、天敵のような男だろう。

「〈梟〉の皆さんにはまず、この男、十條《じゅうじょう》の居場所を突き止めていただきたい。お願いできませんか」

写真のなかで、ひとりの神経質そうな男性が眼鏡のつるを指で押さえている。まだ三十代前半くらいだろうか。色白で痩せて細面で、耳の上でカットした髪は寝ぐせで跳ねている。白いTシャツにグレーのパーカを羽織り、そのへんの繁華街に行けば何十人も似た雰囲気の男性に会えそうな外見だ。

——見つかるだろうか。

史奈の不安を見抜いたように、出水が言葉を続けた。

「あなた方にお願いするのは、理由があります。この男は十條彰《あきら》。昔、榊教授の研究室にいたことがあるのです」

3

「掛けまくも畏き産土大神の大前に、慎み敬ひも申さく——」

〈讃〉を唱えながら目を閉じると、梢《こずえ》をさわがせる風の音がする。

鎮守の森は、史奈らが里に住んでいたころよりも、霊的な気配に満ちていた。

――フクロウノ子ラ戻リシカ。

――月ハ満チタ。イザ水ヲクメ。

妖しい囁きが梢を渡っていく。

谷にへばりつくように、ささやかな土地を守っていた一族の里は、四年前の襲撃で更地に還《かえ》った。燃えた古屋や納屋の類はきれいに取り除かれ、田畑は荒れ地に戻り、今は樹木が生い茂っている。

里は失われたが、鎮守の森と一族の神社は無事だった。神社といっても、石の鳥居と小さなお堂があるだけのものだが。

――それに、古くから伝わる井戸と。

〈讃〉を唱え終わると、容子と力を合わせて井戸蓋を少しずらし、隙間から釣瓶《つるべ》を落とした。

深い井戸だ。水音が聞こえるまで、五つ数えた。昨年の今ごろは四つで水面に達していたはずだ。

――水位が下がっている？

顔色ひとつ変えない容子も、一瞬こちらと視線を合わせた。史奈と同じことを考えているようだ。

ふたりで綱を引き、たっぷり水を汲んだ釣瓶を引き上げる。汲み上げた水は、持参したポリタンクに漏斗《ろうと》を使って注ぎ入れ、タンクふたつが満タンになるまで、黙って作業を繰り返した。

まだ、水は潤沢だ。

――でも、もしも将来、この井戸が涸《か》れてしまったら?

千年もの間、水をたたえ続けた井戸が、そうかんたんに涸れるわけがないと思いたい。だが、地下水は地震などちょっとした地盤の変化や、近隣の取水状況が変わったりしたことで、突然涸れてしまうこともあると聞く。

この井戸水は、〈梟〉の一族を「こちら側」につなぎとめておくために必要だ。一族の遺伝子は不安定で、この地下水に含まれる何らかの成分を定期的に摂取し続けないと、〈シラカミ〉と呼ばれる病を発症する可能性が高くなるようなのだ。だから、こうして月に一度、一族の者がここで水を採取し、榊教授に届けている。一部は研究に使われ、一部は小分けして一族の者たちに配付される。

この井戸は、一族の生命線だ。

もう誰も、〈シラカミ〉化などさせたくない。ほぼ一夜にして髪が真っ白になり、全身はこわばって動かすことすらできず、目だけで意思を伝える石像のような存在になってしまう。

井戸蓋を元通りに閉じると、史奈はお堂に手を合わせ深々と頭《こうべ》を垂れた。

——お願いです。どうか、この水を守ってください。

一族の者たちは、現代医学が影も形もないころから、この井戸水に含まれる何かが、自分たちの健康を守っていることに気づいていたようだ。だから、この場にお堂を建て、毎月必ず一族こぞって讃を唱え、水を飲む儀式を成立させた。信仰という形で、一族を活かし続けたのだ。

お堂に、神という霊的な存在がいるかどうかは、史奈にはよくわからない。史奈の祈りは、どちらかといえば亡くなった祖母に向けられている。

——ばあちゃん、お願い。みんなを見守って。父さんと和也さんが薬を開発するまで、この井戸を守って。

「古文書の解読はどんな調子なの?」

ポリタンクを車のトランクに積みながら、容子が尋ねる。一族に代々伝わる古文書『梟』は、新たに代表となった史奈の手に渡った。もともと、このお堂に納められていたものだ。

「くずし字を漢字・かな交じりの文章に読みくだすところまではできたけど、まるで暗号みたいで内容がわかったとは言えない」

助手席に乗り込み、史奈はシートベルトを締める。

「最初に書かれているのは、〈讃〉なの。この〈讃〉を、朔《さく》の夜にお堂で唱え、井戸の水を汲んで全員が飲むようにと指示が書かれている」

「朔——新月の夜ってことね」

史奈は頷いた。

「一族の結束を固めるための儀式だと思っていたけど、別の意図があってのことだった。古文書を残した人は、この儀式が何よりも一族にとって大切だと知っていたから、これをはじめに持ってきたんだね。あとは、多賀大社をはじめとする、いくつかの神社についての記述もある」

「多賀神社ネットワークのような、協力者がほかにもいたということ?」

「まだ調べきれてはいないんだけど、ひょっとすると〈梟〉のルーツについて書かれているんじゃないかと思うんだ」

容子が一瞬、意味を取り損ねたような表情になった。

「ルーツって——一族は里で発生したわけではないってこと?」

これ以上、自分のあいまいな推論を容子に話してもいいものか、史奈は迷った。だが、ひとりで文献を探したり、考えていても、調査がなかなか進んでいかない。容子の意見を聞いてみるのも、いいかもしれない。

「まだ、仮説の段階なんだけど」

そう断り、史奈は話し始めた。

「〈梟〉の一族は、最初から多賀の里に住んでいたわけではなく、よそから流れてきて、住み着いたのかもしれない」

その時点で、一族がすでに「眠りを必要としない」体質を獲得していたかどうかは、はっきりとしない。だが史奈は、おそらくすでにその力を得ていたのだろうと思う。眠らない一族は、ある日突然〈シラカミ〉化する自分たちの病気に脅かされていた。里の水が、〈シラカミ〉化を止めることに気づき、それであの場所に定住することにしたのではないか。

「あの古文書に書かれている神社や、場所をたどっていけば、ひょっとすると一族が発生した場所もわかるかもしれない」

史奈の言葉に、容子はしばらく無言で考えを巡らせているようだった。

あの古文書を残したのが誰なのか、まだわからない。だが、冒頭に〈讃〉と儀式について書かれているように、文書を書いた誰かは、とても実際的で必要なことを書き残すつもりだったのではないかと史奈は考えている。ある種のマニュアルであり、後世の子孫に向けた指示書だ。

だから、一族のルーツを書き残したのも、単なるロマンや感傷のためではなく、それが将来、必要になる可能性を考えていたのではないだろうか。

——なぜ必要になると考えたの？

おそらくは自分たち一族の先祖にあたる、書き手に尋ねてみたくなる。

容子が首をかしげた。

「代々の〈ツキ〉たちは、代替わりの時に文書の内容を教わってきたんでしょ。いま残っている人たちは、誰も〈ツキ〉から内容を聞いてなかったのかな」

「誰も知らないみたい。榊に婿入りする前、父の実家も〈ツキ〉の家柄だった。だけど、父の兄が跡を継いで、そのあとすぐに事故で亡くなってしまって。父はもう榊の人間だったから、その時点で〈ツキ〉を継ぐことはなかったって」

「襲撃事件の前までは榊と乾《いぬい》の二軒が残っていたから、切迫感もなかったのかな」

祖母はまだ元気だったし、殺されてしまった乾勢三《せいぞう》も健康な五十代だった。

容子は車で大阪に向かおうとしている。史奈を尾行した男たちの情報を榊教授らが得るまで、大阪で待機する予定だ。

「——で、さっきの依頼はどうする？」

容子がハンドルを握りつつ、ちらりと横目でこちらを見て尋ねた。現実的な彼女は、とりあえず一族のルーツよりも、目の前の問題に集中することにしたらしい。

海外で遺伝子ドーピングの研究に参加した十條という研究者の調査依頼は、回答を保留している。そもそも、アンチ・ドーピング機構などの専門家や警察、探偵事務所にでも依頼すべきではないか。

「出水って人、里に呼ばれて桐子ばあちゃんに会ったたって言ってたよね」

まず、史奈の感覚からすれば、それがありえない。〈梟〉の里は閉鎖的な集落で、よそものが勝手に入り込むことはできない。「呼ばれた」という出水の言葉が真実なら、よほどの事情があるはずだ。

出水の祖父は、日露戦争に従軍して、〈梟〉の一族に会ったことがあると言っていた。それが本当なら、一族の持つ特異な体質についても、ある程度は聞いているのかもしれない。

「気が進まないって顔ね。史ちゃんは」

「十條って人が、本当に遺伝子ドーピングを研究しているのか疑わしいし、出水の正体もよくわからないしね。どういう立場で遺伝子ドーピングを防ごうとしているのかも説明しないし」

「アンチ・ドーピング機構のために動いているわけではなさそうだったね」

「それに、私たちはもう、殿様に仕える忍者じゃないでしょ。なんのために、どういう資格で調査すればいいの？」

戦国時代以降、〈梟〉の一族は、平和な世界を維持するために仕える相手を選び、粉骨砕身してきた。

もちろんそれは、平和を守るとか、よりよい世界をつくるとか、そういう大義名分のもとにではあっただろうけれど、一番の目的は一族の存続と安定だったはずだ。不安定な世界では、〈梟〉のように特異な性質を持つ人々は生きにくい。

そういう「忍び」としての生き方にロマンを感じることもあるが、現代社会では、一族のほとんどがごく一般的な職業を持ち、ふつうの生活を送っている。その生活を危険にさらしてまで「忍び」のロマンに耽溺《たんでき》することは、考えられないだろう。

「出水は調査費を出すと言ってた」

容子の言葉に、史奈は肩をすくめた。

「私たち、探偵事務所でも開くの？」

容子に聞かれるまでもなく、史奈は今朝、出水の話を聞いてから、忙《せわ》しく頭の中で今後のことに考えを巡らせていた。

もし出水の要請を受けるなら、調査に必要なコストは、もちろん請求しなければならないだろう。

だが、何のために調査するのか。

〈梟〉はこれから、何を目的にどうやって一族を栄えさせ、守っていくのか。

一族の棟梁《とうりよう》たる〈ツキ〉には、方向性を定める責任がある。もはや戦国時代でも、封建制度の江戸時代でもないのだ。

四年前、史奈は事件に巻き込まれ、否応《いやおう》なく敵と戦わなければならなかった。今は、自分の進むべき道を、自分で考え、選ばなければならない。

「出水の依頼はともかく、私は遺伝子ドーピングの件に興味がある」

容子が淡々とした声音で続ける。

「自分も競技に出るからかな。ドーピングという行為が嫌いなの。みんな、自分の実力を伸ばすため必死で努力しているのに、薬物などの力を借りて、軽々と乗り越えていってしまうでしょう。だから、遺伝子だろうと薬物だろうと、ドーピングの可能性があるなら、誰かの依頼がなくても私は調べる」

長栖の兄妹《きょうだい》は、陸上競技、特にウルトラマラソンと呼ばれる長距離競技の、世界的な記録を保持している。兄の諒一はプロの競技者に転向したばかりで、妹の容子も大学卒業後の身の振り方を考えているところだろう。

「遺伝子ドーピングか――」

出水の依頼には裏があるかもしれない。そもそも四年前の事件以来、感染症や遺伝子の研究と聞くと、なんとなく身構えてしまう。どんな危険が待ち構えているかしれないのに、容子ひとりを渦中に飛び込ませるわけにはいかない。

とはいえ、調査したいという容子の気持ちは尊重したい。それに、出水は気になることも言っていた。

「十條っていう研究者、むかし父さんの研究室にいたと言ってたよね」

それが本当なら、まんざら自分たちも無関係ではない。

「出水の依頼を受けるかどうかは保留して、十條彰という研究者について調べてみようか。まずは父さんに話を聞いてみる」

JR大阪駅近くのホテルで待ち合わせをしていると、容子は言った。

史奈は大阪には不案内だ。だから、容子がコインパーキングに車を停《と》め、ホテルに向かう道のりも、ほぼ彼女任せだった。彼女は陸上の大会に出場するため、いろんな地方に出かけているらしい。四年前までは、身元を報道されることを恐れ、海外のウルトラマラソンにしか参加しなかったというから、もちろん海外に出た経験も豊富だ。

歳はふたつしか違わないのに、容子と自分の経験値の開きときたら、呆《あき》れるほどだ。

史奈はほんの四年前まで、地元の滋賀から一歩も出ない暮らしを送っていたし、その後は東京に出てきて、滋賀と東京を往復するくらいしか旅らしいことをした覚えもない。

一族のリーダーである〈ツキ〉は、若者から四人、選ぶことになった。容子も〈ツキ〉のひとりだが、筆頭は史奈だ。

——私より、容子ちゃんのほうがずっと〈ツキ〉らしいのに。

榊家は代々、〈ツキ〉の筆頭を務めてきた。それに、史奈の祖母、桐子の力量も大きかった。彼女がいなければ、〈梟〉の一族はとうの昔にみな里を下り、雲散霧消して居所もわからなくなっていたかもしれない。

「あっ、来た！」

明るい声が聞こえた方角で、黒のミニドレス姿の郷原遥《はるか》が手を振っていた。隣には「ATHENA」とロゴの入った真っ赤なスポーツジャージの上下を着た長栖諒一が、両手をポケットに突っ込んでふんぞり返っている。

「なあに、あのふたり」

容子が苦笑いを含んだ声で呟く。

――まったく。

史奈も心の中で同意した。

ホテルのエレベーターホールには、少々エキセントリックなふたり組だ。

遥はあれから実力派の若手女優として頭角を現し、「里見《さとみ》はるか」という芸名でドラマに出たりもしている。バラエティなどにはポップな彩りの衣装で出演することが多く、化粧も派手なので、今のように自然でシックな化粧をしていると、意外に気がつかれないようだ。小柄だがスタイルが抜群なので、ミニドレスとピンヒール姿が似合う。

諒一はスポーツ用品メーカーのアテナと契約を結んだばかりだから、アテナのジャージを着るのが嬉《うれ》しいのはわかる。だが、もし遥と並んでいるところを写真に撮られたりしたら、妙な噂《うわさ》を立てられそうだ。

「ちょっと兄さん！　少しは周囲に気を使いなさいよ！」

さっそく始まった容子のお小言に、意味をとりかねた諒一が「ええー？」と細い眉を八の字に下げて、情けない表情になっている。

妹の容子は少年のように凜々《りり》しく、兄の諒一が少女のように優しい顔立ちをしている結果、双子のようにそっくりな三歳違いの兄妹だ。

「久しぶり、史ちゃん。元気だった？」

くすくす笑いながら遥が抱きついてきた。

「遥こそ」

テレビで見ているよと言いたいが、人目のある場所では口にしないほうがいい。

四年前に初めて会ったのだが、人懐こくて誰とでもすぐ友達になれる遥は、まるで昔からよく知っている幼馴染《おさななじみ》のように、史奈とも親しくしている。

「上に部屋を取っておいたから。上がってゆっくり話をしよう」

遥がホテルのキーを見せ、彼らは四人そろって客室階行きのエレベーターに乗り込んだ。

諒一は、〈ツキ〉を妹の容子に押し付けるくらい、形式ばったことの嫌いな男だが、一族の中でも身体能力が際立って高い。

遥は、一族の血を引いているが、栗谷和也と同じで〈カクレ〉だ。四年前まで、自分が一族の者であることも知らずにいた。

「〈梟〉の眠らない体質、私も欲しかった」

というのがたまに会ったときの口癖で、俳優として売れ始めている今、睡眠時間を削って仕事をしているためらしい。

「忙しいんでしょう。こんなところに来ていて大丈夫？」

「大丈夫、新幹線で眠ったから」

遥はけろりとした表情で答え、ツインの部屋にみんなを招き入れた。

「日中に時間決めで使えるプランで借りたの。軽食がついてるから、食べながら喋りましょ」

「ラッキー！　オレ、朝からおにぎり齧《かじ》っただけだったんだ」

しゅんとしていた諒一が見る見る元気を取り戻し、テーブルに用意されたサンドイッチやオードブルに向かった。

「ちょうど良かった。教授や和也さんとテレビ会議で相談したかったし」

容子がスマホで榊教授の研究室につなごうとしている。

「それより、変な連中に尾行されたって？　心当たりはあるのか？」

ソファであぐらをかき、サンドイッチを大口開けてぱくつきながら、諒一が尋ねる。

「変な連中に尾行って、なにそれ？」

遥が顔をしかめた。

「聞いてないよ、史ちゃん！　どういうこと」

「いま説明するから」

こうなるのがわかっているから話していなかったのに、諒一は無神経にもほどがある。

史奈は遥にもソファの一角に座るよう促し、昨夜、歌舞伎町で妙な男たちに尾行されたことを説明した。

「まだ自宅を知られてないようだったから、家に戻らずしばらくこちらにいるようにって、父さんに言われたの」

「なにそれ、気持ち悪いね。それで〈お水取り〉に来たんだ」

納得したのか、遥はジュースをストローで飲みながら頷いた。

「お水はタンクに詰めて、レンタカーのトランクに入れてある。後で、そっちの車に積み替えるから」

諒一が自分の車で来て、水を受け取ると聞いていた。

『こんにちは。みんな元気そうで良かった。教授はもうすぐ来ますから』

容子がいじっているスマートフォンに、栗谷和也の顔が映っている。榊教授の研究室にいるらしく、書棚にびっしり並んだ専門書とフォルダを背にしている。和也はあいかわらず、地味でおとなしそうな白衣の研究者だ。

『やあ、遅れてすまなかった』

ひょいと、榊教授が画面の端からのぞきこむように顔を出し、和也の隣にストンと腰を下ろした。

——あれ。

しばらく会っていない父親の顔に、どことなく違和感を覚える。白髪が増えたのだろうか。疲れた表情のせいだろうか。

ともあれ、史奈は父親と別居してきた時期のほうが長いのだが。

「教授からお話のあった出水さんに、今朝お会いしました」

容子が落ち着いた低い声で話し始めると、みんな静かに耳を傾ける。

「〈梟〉に調査を頼みたいと言ってこられたのですが、回答は保留しています。教授にお聞きしたいこともありましたので」

容子がこちらを見たので、史奈は自分に主導権が渡ったのだと気がついた。

「十條彰という人、覚えている？　以前、父さんの研究室にいたそうなんだけど」

スマホの小さな画面でも、榊教授の落胆と疲労が増すのがわかった。

『——十條君の話だったのか。もちろん覚えている。十年近く前に、私の研究室でウイルスベクターの研究をしていたよ』

「出水さんの話によれば、十條さんはエマリスタンの大学に招聘されて、違法な研究に協力したって。そして今、東京に戻ってきているはずだけど、勤務先には姿を現さないのですって」

『違法な研究？』

「アスリートへの、遺伝子ドーピング」

「ドーピング!?」

激しく反応したのは、諒一だった。

「くっそー、オレそういうズルするやつらが一番嫌いなんだっつーの。こっちはこれでも、子どものころから毎日毎晩走りまわって身体を鍛えて、鍛錬を怠らなかったっていうのにさ。そいつらは、薬物だのなんだので、あっさり好成績を残すんだ」

「兄さん」

容子が興奮気味の兄をたしなめる。

「ねえ」

遥が興味をひかれた様子で、身を乗り出した。

「全然わかんないんだけど、遺伝子ドーピングってなんの話？」

遥の父親は、榊教授の同業者で、感染症の研究所を持っていたが、四年前の事件をきっかけに研究所は人手に渡り、今は米国で研究を続けている。

史奈はスマホの小さい画面の中にいる父親を見つめた。

「私も、なんとなく程度にしかわからない。遺伝子を組み換えることで、本当にアスリートの運動能力が上がったりするの？」

榊教授が長いため息をつき、頷いた。

『――わかった。そうだな、説明が必要だと思う。まず、事例という観点で言えば、現時点で遺伝子組み換え技術を使ってアスリートの運動能力を高めたという事例は公表されていない。もっとも、そんなことを公表すれば、そのアスリートは競技から追放されるだろうから、公表できないという見方もできるがね』

「待ってよ、教授。そもそも運動能力ってのは、日々の鍛錬の積み重ねで心肺能力を高めたり、筋肉を鍛えたりして高めるものなんじゃないの」

諒一はあいかわらずズケズケと思ったままを言う。

『もちろんそうだよ。だが、たとえばこんな例がある。あるオリンピックの金メダリストが、生まれつき遺伝子に変異があり、そのせいで血液中の赤血球の数が人より多いことが後年になってわかったんだ。彼の場合は生まれつきだけど、もしその変異を人工的に引き起こすことができればどうなる？』

赤血球は身体の隅々にまで酸素を運ぶから、その数を増やすことができたなら、心肺能力を高めたのと同じ結果になるだろう。

『あるいは、人よりもかんたんに筋肉量を増やすことができれば？　関節の柔軟性を高めることができれば？　競技によって必要な能力はさまざまだ。競技にあわせて、苦労せず自由自在に身体能力を向上させることができたとしたら？』

説明を聞くと、それが競技者にとってどれほど魅力的で、競技の公平性にとってはどれだけ危険なことか、理解できる。

「それってさ。薬物のドーピングみたいに、検査でチェックできるの」

諒一が深刻な表情で尋ねた。底の抜けたガラス瓶なみに能天気な男だが、アスリートとしての自分自身にも影響を及ぼしかねない危険な事態だと認識したらしい。

『いま話したようなケースだと、アスリートの身体に遺伝子を組み換えた細胞を植え付けるようなイメージになるから、調べれば元の細胞と遺伝子組み換え細胞の両方が身体に残っているはずだ。だから、技術的には検査で判別することは可能だろう。だが、現実的ではないね』

「どうして？」

『第一に、現代の技術では検査には時間と莫大《ばくだい》な費用がかかる。第二に、競技を間近に控えたアスリートの身体に、生検を行う必要がある。針を突き刺したり、メスを入れたりして、検査用のサンプルを取るわけだが、諒一君、これからウルトラマラソンを走ろうというときに、そんな検査を受けたいかね』

「だーかーらー、オレ痛いの嫌いなんだってば！　ぜったい嫌だ！」

諒一が己の身体を抱いて身震いした。榊教授が苦笑して頷く。

『それに、アスリートの身体は繊細だ。検査を受けたために、競技で思うような結果が残せなかったらどうなる？　身体に痛みが残ったり、違和感があったりして、競技に集中できなかったら？　世界の頂点で競いあうアスリートたちは、ゼロコンマ何秒の世界で生きているはずだ。そんな世界で、身体に針を刺したりする、いわゆる侵襲的なドーピング検査は百パーセント嫌われるだろうな』

「それでは、現在の技術では、万がいち遺伝子ドーピングが行われても、本人や周囲からの申告でもない限りは発見が困難ということですか」

まだ顔をしかめている諒一のかわりに、容子が尋ねる。

『そうだね。今のところは。まあ、血液検査で遺伝子ドーピングの有無を確認する手法を研究している先生も、日本にいるのでね。実用化されれば、きちんと検出できるようになるかもしれないな』

科学技術は、常に発展を続ける。今は存在しなくとも、必要ならいつか新しい技術や手法、物質が開発され、たとえ遺伝子ドーピングであっても、アスリートの身体を痛めることなく、検査できるようになるかもしれないわけだ。

『ところで今のは、すでにアスリートとして完成した人間が、その身体能力を上げるために行う遺伝子ドーピングの話だ。だけど、もうひとつ、この手法がもし完成して、実行に移す人間が出てくれば、それをドーピングだと証明するのはさらに難しくなるかもしれないケースがある』

榊教授の言葉に、容子がいぶかしげに目を細めた。

「と言いますと――」

『いわゆるデザイナーズ・ベイビー問題だ』

史奈は、自分の脈拍が速くなるのを感じた。その言葉は、昨今、ニュースでもときどき見かける。

赤ん坊が生まれるずっと前。生殖細胞の段階で遺伝子を編集する技術が、すでに実用可能な段階に来ているという。

最初は、遺伝病を持つ親が、自分の病気が子どもに遺伝しないようにと治療を望むことがきっかけになるかもしれない。現に、二〇一八年には中国の研究者が、片方がＨＩＶ陽性のカップルの子どもに、ＨＩＶ感染予防のためのゲノム編集を行い、双生児の赤ちゃんが生まれるという例があった。

――しかし、人間の欲望はそこでとどまるだろうか。

健康な子どもがほしい。記憶力のいい子どもがほしい。見た目の美しい子どもがほしい。不自由のない幸せな人生を送れるように、親が子どもに贈る最初のギフト、遺伝子を最高の状態にしておきたい。そう願うのも、自然の摂理ではある。

『ヒト胚《はい》へのゲノム編集が今のところ法的に禁じられているのは、それなりに理由があるからだ。ひとつには、ゲノム編集の研究はまだ始まったばかりで、遺伝子編集の結果、問題が起きないかどうかは、何十年も経《た》ってようやくわかることだから』

〈梟〉の一族は「眠らない遺伝子」を持つが、同時にその遺伝子はとても不安定だという。そのために、一定の間隔をおいて里の水を飲むことで、何百年も遺伝子を安定させてきた。人為的に遺伝子を編集した結果、その赤ん坊に将来、なんらかの健康被害をもたらさないとも限らない。

『ふたつめは、一度ゲノムを編集してしまうと、不可逆的だから――つまり、遺伝子を編集された子どもが自分で判断できる年齢になったとき、もとに戻したいと考えても、もう戻すことはできないんだ』

「それは――場合によっては悲劇」

史奈は呟いた。

『そうだよ。そこで問題の三つめが明らかになる。受精卵のゲノム編集について実際に判断をくだすのは本人ではなく、両親や医師たちだということだ。本人の意思とは無関係に遺伝子の改変が行われ、それは本人だけでなくその子どもたち、次世代以降にも受け継がれる。それは問題だと思わないか』

アスリートに向いた身体をつくる遺伝子編集が行われ、両親の期待を背負って生まれてくる赤ん坊が、将来アスリートを志望するとは限らない。むしろ、人間は意外なきっかけで、思ってもみない進路を選んだりするものだ。

——それが人生。

「何もかも自分自身でコントロールできると思うのは、人間の思い上がりです」

容子が机に置いたスマホを見るため、わずかに顔をうつむけて言った。その角度で見る彼女は、ふだんの彼女よりもさらに落ち着いた大人の女性に見えた。

「両親の遺伝子から、どんな要素をどんな組み合わせで受け継ぐかは、確率の問題ですよね。自由に変えられるわけではないと思っているから、子どもは自分の才能について親を恨んだりしないでしょうけど、生まれる前に自由に変更できたのだと思えば、恨みたくなりますよ。どうしてもっと美人に産んでくれなかったのかとか、もっと賢く産んでくれなかったのかとかね」

『そうなると、歯止めがきかなくなるな。お金さえあれば、みんな子どもの遺伝子をどんどん改変したくなる』

榊教授は小さな画面の中で肩をすくめた。

『そこで話をアスリートの遺伝子ドーピングに戻すと、受精卵のゲノム編集によって獲得した性質を、検査で検出するのは困難だと思う。見破られない、あるいは見破られにくいドーピングが誕生するわけだ』

「そんなこと——もう実際にできるの？」

史奈は背筋に冷たいものを感じながら尋ねた。

『技術的には可能に近い。だが、ヒトの胚を編集することは、法律で禁止されている。少なくとも表向きはできない』

しばらく、彼らはしんとしてそれぞれがもの思いにふけるかのように見えた。

諒一は困惑したような顔で、ソファに両足を上げて爪を齧っている。子どものような癖だ。遥は、自分の疑問が引き出した回答の闇に怖気《おぞけ》をふるったように、そそけだった頬で黙っている。

『——まあ、この話はそのくらいにしておこう。それで、出水さんはなんと？』

「まず、十條彰さんの居場所を突き止めてほしいと。調査するなら費用を払うと言われました」

榊教授が渋い表情になった。

『十條君は優秀な研究者だが、何年も前に大学から民間に移ったんだ。それから連絡を取ってなかったから、エマリスタンの件は知らなかった。十條君の同期で、まだ大学に残っている研究者もいるから、連絡が取れるか聞いてみてもいい』

史奈は身を乗り出した。

「出水という人、里に足を踏み入れたことがあると言っていた。何かおばあ様から聞いている？」

今度こそ、はっきりと教授は顔をしかめた。

『里に来たなんて初耳だな。榊の〈ツキ〉が部外者を里に入れたことなんて、数えるほどしかないからね。外部から嫁や婿を受け入れる時ですら、本人以外は里には入らせなかったくらい厳格だった。ただ、出水さんの実家は明治以来の軍人家系で、〈梟〉の存在もある程度は知っていたらしいね。四年前の事件をきっかけに、〈梟〉の里の動向を注視していたとも聞いたよ。——史奈は出水さんと会ってみて、どう感じた？』

「調査費用を払ってでも十條という研究者を調べたいというのに、アンチ・ドーピング機構など公的機関との関わりは感じなかった。ちょっと怪しい気がした」

出水に抱いた史奈の率直な感想は、まさに「怪しい」だった。十條を調査することで、出水にはどんなメリットがあるのだろう。

『——なるほどね。史奈の直感は正しいかもしれないな』

「でも、出水という人の依頼を受けるかどうかはともかく、遺伝子ドーピングの件は調べてみてもいいと思う」

「——父さん」

史奈の言葉に、教授は若干とまどった様子で表情をあらためた。

『──ほう。それはどうして？』

「一族が、これからどんなふうに力を使って生きていくのか。あるいは力を封印するべきなのか。見定めたいから」

祖母の死により、史奈をはじめとする若き〈ツキ〉たちの肩には、これから一族郎党をどうとりまとめていくのかという重責が課せられた。

そもそも、拠点としての里が崩壊した今となっては、例の〈お水取り〉以外に一族をまとめあげる理由はないのだ。

──みんな、あとは好きにすればいい。

里の縛りは解けた。好きな場所に住み、やりたい仕事を選んで、一族以外の人と結婚し、〈カクレ〉の子どもたちが生まれても、ごくふつうに生きていけばいい。そう宣言してもかまわないのだ。

──自由だ！

この世に、自由であること以上に大切なことはあるだろうか。

〈梟〉の暮らしは、今まで不自由すぎた。〈ツキ〉の厳格な態度には、深謀遠慮や事情があったのだが、それにしても現代社会にマッチしているとはとうてい言えなかった。

そもそも〈梟〉が持って生まれた特殊な才能は、「眠らない」ことだけだ。卓越した身体能力は、睡眠を必要とする人たちよりも時間が余分に取れるから、子どものころから必死に鍛錬を続けた成果にすぎない。里では一族の統率が取れており、洗練された修練の技術が代々守り継がれていた。だから、里を離れた一族から生まれた〈カクレ〉の和也は、ふつうの人のように眠るし、身体能力も一般的か、あるいはふつうより劣るくらいだ。

特殊な才能を持つゆえに、甲賀忍びに人材を輩出した〈梟〉の一族は、周囲の村からも距離を置いた暮らしをしてきた。「眠らない」ことがどんな差別を引き起こすかもしれないと恐れ、自分たちの真の特殊さをひたすら隠してきた。

だが、この現代社会で、「眠らない」ことを気にする人間がどれだけいるだろう。むしろ、一族が固まって生きていくよりも、バラバラに暮らすことで特殊性が薄まるのなら、そうしたほうが現実的なのではないか。

――今度こそ、〈梟〉の一族は解散だ。

だが、そのひとことを口にする覚悟は、史奈にはまだない。祖母が、その末路を避けるために、里を離れた娘を心を鬼にして切り捨てたことを、知っているからかもしれない。里を守るために、祖母はどれだけ多くの犠牲を払ってきただろう。

「里を下りた一族のみんなは、それぞれ仕事を持ち、家庭を築いて暮らしをたてている。今さら一族の能力を使って、昔のように誰かに仕える必要もない。――それでも、一族がこれからも寄り添って生きていかねばならないのなら、理由や目的が必要だと思う」

黙って聞いている遥が、なんだか肩身の狭そうな表情をしている。彼女は四年前まで、一族の存在も、自分が〈梟〉の血を引いていることも知らなかった。急に、一族がどうのと言われても、困惑するだけかもしれない。

『その判断は、君たち〈ツキ〉に任せるよ』

教授が穏やかに言った。

『里を下りた一族のありかたは今までと異なるだろう。これからの一族を支え、率いるのは君たちだ。君たちの判断を尊重する』

史奈は小さな吐息をついた。

判断を尊重してもらえるのはありがたいが、なかなか辛《つら》いことでもある。

現在、教授と和也が〈お水取り〉の水を小分けして届ける先は、四十八人。四十八人の人生が、自分たち〈ツキ〉にかかっている。

誰かにこの重荷を肩代わりしてもらうことができれば、どれだけ楽になれるだろう。

「そう言えばさ」

諒一がソファにふんぞりかえったまま、首だけぬっともたげた。

「ちょっと噂を聞いたんだけど。砧《きぬた》のじいちゃんが、埼玉の老人ホームに入ったんだって？」

それは初耳だ。教授と和也が頷く。彼らは水を送るために、一族の連絡先を管理しているのだ。

『少し前から、認知症の症状が出ていたそうです。ご家族は、環境が急に変わったせいじゃないかと』

和也が言葉を添える。

砧のじいちゃんは、最後まで里にいた一族のひとりだ。息子夫婦は東京に出て、里との交流を断っていたが、四年前の事件で里が壊滅的な被害を受け、じいちゃんを引き取ることにしたと聞いていた。

史奈は砧のじいちゃんの厳しい顔つきを思い浮かべた。一族の中でも、小太刀をよく使う人で、「剣士」のイメージが強い老人だった。

もう八十をとうに超えていたと思うが、里にいたころは、朝早くから山菜を取りに行く砧のじいちゃんを見かけたし、畑でつくる大根やジャガイモは、保存食としてほぼ一年中、砧の食卓を賑わせていたはずだ。共同で世話していた水田からは、年々減っていく里の住人が、一年間、自分たちの口を糊《のり》するくらいの米を得ることができた。砧のじいちゃんは鶏も飼っていて、たまに史奈に卵をくれた。

豊かではないけれど、人間が生きていくのに必要充分な暮らしだった。

そういう生活の張りは、東京に出て失われたことだろう。あの元気なじいちゃんが、今はホームにいるのかと思うと残念だ。

「四年前まで、里は運命共同体だった」

史奈は呟いた。

今はほとんどみんなバラバラで、良い面もあればさみしい面もある。

「――オレさ、アテナと契約することになったじゃん。こんなこと言うと偉そうなんだけど、けっこうな契約金をもらったんだ」

諒一が、珍しく殊勝な態度で言いだした。

「それで、契約金の全部とは言わないけど、一部を里のために使ってもらえないかなと思っていてさ」

あわわ、と口に出しながらぶるぶる顔を振ると、諒一は頭をかいた。

「とは言っても、ホントに金額はたいしたことないんだけどさ。老人ホームとか、けっこうお金かかるって聞いたんだ。一族の財産といえば、生まれついての能力以外は里や周辺の土地くらいだろ？　あんな山奥の土地を買う物好きなんかいないだろうし、〈お水取り〉があるから、山を売るわけにもいかないしさ。土地の固定資産税だって、金額はさほどでもないかもしれないけど、かかってくるじゃん。もし、困っている一族がいたら、何かの足しにしてくれたらと思って」

驚きだった。四年前の諒一は、容子よりもずっと、精神的に幼い印象だった。社会に出たせいだろうか、いつの間にこんなに大人びたことを口にするようになったのだろう。

「――兄さん」

容子が冷静な視線を注いだ。

「とてもいいことを言ってるように聞こえるけど、たしか契約金で車を買ったとか自慢してなかった？」

「えっ、車も買ったけどさぁ――」

尻すぼみになる諒一の声に、思わず笑いそうになる。なるほど、諒一の子どもっぽい性格は健在だ。

『諒一君。一族のためにと言ってくれる、君の純粋な気持ちは嬉しいよ。その気持ちをありがたく受け取っておく。だけど、それをやり始めるときりがないしね。そのお金はひとまず、諒一君とご家族の将来のために、大事に取っておいてはどうだろう』

「えっ、そう？　そういうものかな？」

諒一は、教授の言葉にあっさり申し出を引っ込めたが、史奈はようやく、自分の進むべき道がひとつ見えたように思えた。

「――一族にはお金が必要なの？」

教授が困ったように眉を寄せる。

『――その話は、いま君たちとしないほうがいいと考えているんだ。史奈も容子君も学生だからね。学生の間は、お金のことなんか気にせず、学問に打ち込んだほうがいい。もちろん、史奈は警備会社のアルバイトもしているようだが』

その件は父親に話した覚えがないのだが、当然のことながら気づいていたようだ。

『まあ、一族の高齢者――特に里にいた人たちは、現金収入がほとんどなくて、年金保険料なども払ってなかったようだからね。正直、状況は厳しいようだ』

「――出水さんの申し出について考えていたのだけど。もし私たちが彼の依頼を引き受けて、依頼料を受け取るなら、それを一族のために使ってもいいでしょう？」

最後の質問は容子に向けて尋ねたものだったが、彼女は「もちろん」と頷いてくれた。

「場合によっては、史ちゃんと私だけでは手に余って、みんなに手伝ってもらわなければいけないかもしれません。一族のみんなの手を借りるなら、一族のために依頼料を使う理由にもなりますよね」

一族でもっとも若い史奈と容子が、そろって一族のために仕事をすると言いだしたので、教授は困惑したようにため息をついた。

『忍者が生活のために活動するというのも、なんだか冴《さ》えない話だが、君たちが試しにやってみて、うまくいくようなら一族に協力を頼んでもいいかもしれないな』

「でも教授、昔から一族が甲賀忍びに人材を供出したのは、生きるためです。はっきり言えば、食べていくためだったと思います。里は、決して肥沃な土地ではなかったですしね。もちろん、里と中央とのつながりを保とうとした面もあるでしょうけど」

容子がさらっと言って、教授を苦笑させた。彼女は誰よりも大人びていて、現実感覚のカタマリだ。

「いま一族は全国に散って、それぞれ生活の資を得ているわけですけど、一族が力を活かして協力するなら、もっと現代社会に適応し、生き延びやすくなるかもしれない。そういう意味で、私は史ちゃんの案に賛同します」

「手伝えることがあるなら、オレも手伝うよ」

諒一が大きく頷いた。戸惑ったような顔をしている遥に、史奈はそっと手を伸ばして肩をつついた。

「これは、やりたい人がやればいいだけの話だから。遥が面白そうだと思えば、何かのときに手伝ってくれればいい」

「——うん。私にできることがあるかどうかもわからないけど」

不安な面持ちで頷く遥は、おそらく一族の中での自分の立場がいまだによくわからないのだと思った。四年前に、一族の血を引く〈カクレ〉だと知らされたばかりの、新参者。史奈や容子とは友達づきあいをしているが、一族のために何かしようというほど、深いつきあいでもない。そもそも、一族の知り合いだって、多いとは言えない。彼女の反応が薄いのは当然だ。

「一族はいま五十人近くいて、里とのつながりの濃さもそれぞれだから、こんな話があっても、手を挙げる人がどれだけいるかはわからない。正直、〈お水取り〉がなければ、そろそろ一族と離れたい人がいたって不思議ではないし。だから、この件はみんなの自由意思を尊重すべきだと思う」

史奈の言葉に、教授も頷いた。

『そうだね、強制は良くない。それに、史奈や容子君が無理をしたり、自分の人生を犠牲にしたりするのも良くないよ。学校の授業にもちゃんと出席してほしいんだ。あと、出水さんはどうする？　史奈は彼と話して、怪しいと感じたんだろう。そういう人からの依頼を受けて大丈夫かい？』

教授の言う通りだった。目的もはっきりしない、得体のしれない相手から依頼料を受け取れば、その依頼を遂行しなければならない義務ができてしまう。

「――まずは、依頼とは関係なく、十條や遺伝子ドーピングについて調べてみる。並行して、出水という人についても探ってみる。問題なければ依頼を受けるし、問題だと思えば依頼は断る。それでどうかな」

反対意見は出なかった。まずは史奈と容子が調査に入ることで話が決まった。

「教授。史ちゃんを尾行していた奴らについては、何かわかりましたか？」

容子が尋ねる。

『まだだ。嗅覚にすぐれたグループだったと史奈に聞いたので、その線で探してみている。犬のようにすぐれた嗅覚を持つ忍びの一団がいたと、聞いたことがあるんだ』

「忍びの――」

史奈は容子と顔を見合わせた。

『そうだ。その話を私はむかし、砧の老人から聞いた。砧さんは、記憶がしっかりして話が通じる日と、まったく話が通じない日があるらしいから、ホームのスタッフに、話ができそうな日があれば連絡してくれるよう頼んでいる。しばらく待ってくれ』

こまごまとした相談を終えると、教授たちとの通信を切った。彼らは彼らで、一族のために、〈お水取り〉の水に代わる薬品を開発しようとしている。その薬品は一族を救うだけではなく、ゲノム不安定性疾患と呼ばれる症状を持つ人たちを救うこともできるはずだと教授は言う。

薬の開発には多額の研究費用が必要で、一族を救うためにその研究費を出してくれる人はいないだろうが、病気の治療のためであれば、製薬会社などと協力することも可能だ。

――みんな、自分のフィールドで一族のために尽くそうとしている。

そう考えると、史奈もじっとしていられない気分だった。

「なんか――ごめんんね。私がいちばん役立たずだよね。和也さんみたいに教授の右腕になれるわけでもないし、史ちゃんや容子ちゃんみたいに、調査なんてできそうもないし。諒一君みたいに稼いでいるわけでもないし」

ソファに身体を埋《うず》めたまま、遥が気弱な表情を見せる。彼女がいつの間にか抱いていた劣等感に気づいて、史奈は驚いた。

「なに言ってるの。遥は、すごい仕事をしてるじゃない。誰もが女優なんて仕事に就けるわけじゃないし。バラエティやドラマで人気が出ているの、私も知ってるよ」

「でも――」

「そのまま、遥は自分の仕事を頑張って。もし何かあったら、遥を頼ることもあるかもしれない。だけどそれは、今じゃないから」

「うん――」

ホッとしたような、物足りないような、複雑な表情で遥は黙った。

「そいじゃさ、オレそろそろ東京に戻らないと。水を積み替えよっか」

諒一が立ち上がる。水のポリタンクは、まだ容子のレンタカーのトランクに積んだままだ。諒一の車がホテルの地下駐車場にあるというので、みんなでそれに乗り込んで、レンタカーを停めたコインパーキングまで向かうことにした。

「うわあ、すごい車じゃない！」

地下に下りて真っ赤なスポーツカーの横に立ち、遥が目を丸くしている。史奈ですら名前を聞けば知っている、イタリアの自動車メーカーの車だ。万事が派手好きな諒一らしいとは思ったが、予想以上に派手だった。

「兄さん、いったいアテナの契約金っていくらもらったの？　こんな高そうな車を買っちゃって、大丈夫？」

兄妹の気安さで、容子がずばずば尋ねている。諒一はそれにはまともに答えず、「てへへ」と妙な声を出して運転席に乗り込んだ。

東京まで一緒に乗っていく遥が助手席に座り、容子と史奈が後部に乗る。座席は黒い本革で、ますます容子を不安にさせたようだ。

「兄さん――」

「大丈夫だよ、中古車だし。容子が心配するほど高い買い物じゃないから」

「日本の道路なんて、高速道路でもせいぜい百二十キロも出せればいいほうなんだから、レースに出られるようなスポーツカーなんてオーバースペックなのに」

容子がぶつぶつ言うのを聞き流し、諒一はレンタカーを停めた扇町《おうぎまち》公園近くのコインパーキングまで車を走らせた。さすがにエンジン音の迫力が違う。たぶん諒一は、国内でも最強といっていいアテナの陸上部に認められたことが、嬉しくてたまらないのだ。誇らしくて、それがこういう形に現れたのだろう。

「お水、取ってくるから」

諒一の車はしばらく公園近くの道路に停め、容子と一緒に史奈はレンタカーまで水を取りに走った。

扇町公園は広々としたグラウンドを持ち、容子によれば、プールもある公園なのだそうだ。東側は関西テレビの扇町スクエアに隣接しているし、西側は扇町小学校と天満《てんま》中学校、それに北野《きたの》病院にも隣接している。とにかく敷地面積が広い公園なのだ。

「ほんとに、諒一ったら。今が大事な時なのに、浮かれちゃって」

容子が顔をしかめている。

「大丈夫だよ、容子ちゃん。諒一ちゃんは、ふだんは軽い感じだけど、いざって時にはしっかりしてるじゃない」

容子が失笑した。

「そうかなあ。中身まで見た目と一緒で軽いんじゃないかとあたしは心配だけど」

妹のほうが、兄より百倍しっかりしていることは確かだ。

二十リットル入りのポリタンクを、容子とひとつずつ提げて諒一の車に戻る。ひとつ二十キロだが、このくらいの重さなら、史奈は提げたまま走ることができる。軽々とスポーツカーのトランクに積み替えているのを、遥が目を丸くして見守っていた。

「それじゃ、東京に戻ったら会おう。史奈、気をつけろよ」

また容子のお小言を聞かされてはかなわないと思ったのか、タンクを積み終わると、諒一が手を振って、そそくさと車を出した。

「――まったく」

小さくなるスポーツカーを見つめ、容子が肩をすくめる。子どものころから、奔放な兄のお目付け役を自任してきた彼女だ。

「私たちはしばらく大阪にいるの？」

「教授にはそう言われてる。予約してるのはさっきのホテルじゃなくて、近くのビジネスホテルだけどね」

「ふうん」

興味が湧いた。史奈はホテルに泊まったことがない。四年前まで旅に出たこともほとんどなかった。今は旅行に出かけることもあるが、眠る必要がない〈梟〉は、夜も動き続けることができる。宿泊という概念がないのだ。

今回は、隠れるためにホテルに潜伏するということだろう。

「教授から一週間分の宿泊代金と食費も預かってるから、チェックインしたら美味しいものでも食べに行こう。せっかくだからいいところに泊まりなさいって、ホテル代も弾んでくれたから」

容子がウインクして、ショルダーバッグを軽くたたいた。真面目でしっかり者の彼女だが、かすかに面白がっているような色が目にきらめく。教授の親馬鹿ぶりを楽しんでいるのかもしれない。

レンタカーはそのままコインパーキングに残し、すぐ近くのビジネスホテルまで徒歩で向かった。大阪でも、キタと呼ばれる梅田《うめだ》はビジネスの街だと容子は言う。

「ミナミはもっと雑然としていて、繁華街の印象が強くなるんだけど」

「容子ちゃんはよく来るの？　大阪にも」

「遠征で何度か来たくらいかな。それほどうろうろしたわけじゃないけど、競技が終わればチームでご飯に行ったりするしね」

史奈は祖母の意向でスポーツを避けてきた。容子の話は物珍しいことばかりだ。

「チェックインしてくるから、ロビーで待っていて」

容子が予約したホテルは、ビジネスホテルというけれど、モダンなモノクロームの外見を持つ大きな建物だった。企業研修などにも使われるため、会議室や研修室がいくつかあるのだそうだ。

容子がフロントで手続きをすませるあいだ、史奈は手持ち無沙汰で、ロビーの隅にあるホテルのパンフレットなどを、興味があるふりをして眺めていた。

——会社に入ったら、こういうところに来て研修を受けたりするんだ。

周囲にいわゆる一般的な「会社員」がほとんどいないので、これもやっぱり物珍しい。大学を卒業した後の、自分自身の進路はまだ漠然としている。会社で働くのも、選択肢のひとつには違いない。

ふと、腹部に違和感を覚えた。

――そういえば、そろそろ月のものが来るころだ。

衛生用品は少ししか持ってこなかったから、近所でコンビニを探して買ってこよう。

そんなことを考えていると、斜め後ろにすっと立つ人の気配を感じた。近すぎはしない。こちらに直接的な脅威を感じさせない程度に間合いを取り、しかし声は充分届く距離だ。その絶妙な距離の置き方に、ただものではないキナくささを感じる。

「会議室にご興味がおありですか」

そう自然な声をかけられ、一瞬、背後の男性はホテルのスタッフだったのかと錯覚を起こしそうになった。

振り向くと、濃紺のスーツを着てネクタイを締めた若い男がいた。これが初対面なら、ふつうの会社員だと思ったかもしれない。

「――!」

飛びのいて身構えた史奈に、男はあくまで穏やかに微笑した。

「どうかされましたか」

――あの男だ。

昨夜、新宿歌舞伎町で、史奈をつけまわした男のひとり。異様と言ってもいいほどすぐれた嗅覚を持つらしく、史奈がたくみに尾行を撒いても、執拗《しつよう》に追ってきた男。

あの時は狼のイラスト入りTシャツにジーンズ姿だったが、たとえぼさぼさ頭をきちんと撫《な》でつけていても、見間違えるはずがない。

「どうしてここに」

「やっぱりバレてたか。あんた、身体能力だけじゃなく視力もいいようやな」

男がにやりと唇を上げると、鋭く尖《とが》った犬歯が覗いた。近くで見ると、日焼けした皮膚にはカミソリ負けなのか、ゴツゴツした瘢痕《はんこん》ができていて、肌がざらついている。全身から野性味を発散していて、スーツとネクタイが借り物のように似合っていない。

「つれなくすんなって。あんたに会いにわざわざ来たんや」

男の言葉には、わずかに関西風のイントネーションとアクセントが混じる。

ここに自分がいることを知っている人間は少ない。「わざわざ来た」はずはないから、おそらく誰かを尾行してきたのだ。

「何者なの。私に何の用」

「気が強いな。そういうの嫌いじゃないぞ」

男はだらしない笑みを浮かべた。それまで会社員風だったスーツ姿が、内側からどろりと溶けるような雰囲気に変わった。

「あんた、いい女やな。年齢も似合いだ。俺と結婚しよう」

ニタニタと大きな口を広げ、男が下卑た声で笑った。史奈は、蹴りつけたくなるのを我慢した。

「──用がないなら、どいて」

「自己紹介がまだやったな。俺は森山疾風《もりやまはやて》。〈梟〉に会いにきた」

ピリッと周囲の空気に電気が走る。史奈は緊張を抑え、容子に視線を送った。まだフロントで、何かの書類を書いているようだ。あの敏感な容子が、こちらで起きている事態に気づいていないようなのが、むしろ奇妙だった。

──この男、〈梟〉と言った。

見知らぬ男の言葉を鵜呑《うの》みにはできない。男の態度、異様な嗅覚、執拗にこちらを追う行動、なにもかも怪しい。

だいたい、一族の存在は昔からごく一部の人間にしか知らされていないはずなのに、出水といいこの男といい、近ごろはみんなが〈梟〉を知っているようではないか。

「あんたら〈梟〉は独特の匂いがするから、どこにいてもすぐわかる。長栖諒一という陸上の選手も仲間やな」

言いながら、森山疾風と名乗った男は、犬がするように鼻すじに皺《しわ》を寄せ、史奈の香りを嗅ぐようなしぐさをした。

「──あれ、あんた今」

言いながら、男が一瞬とまどうような顔をして、さらにだらしない表情になった。史奈は真っ赤になった。この男、自分の月経血の匂いに気づいたらしい。

「どうしたの？」

やっと、フロントでの手続きを終えた容子が振り向き、ロビーで起きているひそやかな諍いに気づいてくれた。速足でこちらに向かっている。

「──飯でも一緒にどうかと思……」

森山は軽い調子で容子に話しかけようとし、凍らせた鋼のような容子の視線に言葉を遮られた。

「ナンパならお断り。ひとりで食べに行って」

「容子ちゃん。この男、昨日の──」

すべて言葉にする必要もない。新宿歌舞伎町での一件は、容子も詳細を知っている。瞬時に容子の全身から闘気が発散された。森山が反射的に飛びのいたほど、鋭い気迫だった。

森山が下がったせいで、ロビーから外に出る自動ドアが開き、フロントの女性ふたりがいっせいにこちらを注視する。

「おいおい──よせよ、こんなところで。うっかり新聞沙汰になりたくないわ、俺は」

森山がにやついているのは、〈梟〉の里が事件に巻き込まれ、里ばかりか史奈の名前や顔写真までテレビや新聞で報道されたことをあてこすっているのだろう。

森山はニタニタしながら、容子と史奈を見比べた。

「噂には聞いていたが、〈梟〉の女ってのは、どいつもこいつも気が強《つえ》えな。おまけに美人だ。悪くない」

「用件を言いなさい」

「話があるから来たんや。殺風景な場所で話すのもなんやから、飯でも食いながらゆっくり話そか。近所に美味しい焼肉とネギ焼きの店があるんや。どない？」

まったく悪びれない男の態度に、容子も戸惑っているようだ。振り上げた拳のやり場に困るとは、こういうことを言うのだろう。

「こっちは話すことなんかない」

「いやあ、聞いておいたほうがいいと思うぞ。あんたも陸上の選手だろ。ばっちり自分自身に跳ねかえってくる話だからな」

容子の当惑といら立ちが増す。

こちらは相手のことを何も知らないのに、相手はこちらのことを何もかも知っている。これほど居心地の悪いことはない。

「そっちは何人いるの」

容子の問いかけに、森山は心外そうに首をかしげた。

「オレひとりや。両手に花ってやつ」

どこまで信じて良いかはわからない。いや、一族以外のすべてを疑えと、史奈は子どものころから祖母に教えられた。

だが、この男たちから逃げて大阪まで来たのに、結局見つかってしまった。意味がないし、これ以上、逃げ続けるわけにもいかない。

史奈は肚《はら》を決めた。

「──わかった。内容によってはすぐ席を立つけど、まずは話を聞こう」

「そう来なくちゃ」

森山が尖った犬歯をむき出して笑う。

「うまい店に連れてったる。俺たちの一族は、うまいメシに目がないんや」

森山は後ろ向きにステップを踏み、もう一度自動ドアを開いた。

「俺たちは、〈狗《いぬ》〉の一族と呼ばれている」

4

梅田は大阪のビジネス街だと容子は説明してくれたけれど、それでも居酒屋やレストランの並ぶ繁華街に行くと、新宿や渋谷のような賑わいを見せている。

ただ、東京の繁華街とは、何かが違う。

史奈にはうまく言えないが、大阪のほうが空気がどろりとして濃い気がする。南国風、あるいは南米風ののんきな陽気さも、あたかも通奏低音のように流れている。

森山疾風が連れてきたのは、往来の多い通りから横の小道に入り、古びたマンションの階段を上がっていくような、不思議な店だった。看板もちゃんと出ているが、表の引き戸を森山が開いたときに、たまたま中から大きな笑い声がどっと漏れ出てこなければ、入るのを躊躇《ちゆうちよ》するような敷居の高さがある。

肉を焼く脂の匂いが、煙とともに周囲にたちこめた。

「小汚い店やけど、うまいから大丈夫や」

こちらの戸惑いを見抜いて、森山は片目をつむり犬歯を見せた。

「おばちゃん、三人いける？」

常連なのか、厨房《ちゆうぼう》から現れた中年の女の人と、笑いながら立ち話をしている。小上がりの座卓を勧められ、靴を脱いで上がった。その席を森山が選んだのは、障子を引き回せるので内緒話をしやすいからだろう。

店員が注文を取る間、肝心の話はできなかった。森山はビールを頼んだが、史奈たちはウーロン茶にした。

「ここはさ、モツも安全で美味しいから。俺が焼くから、どんどん食べて」

注文がそろい、テーブルに備え付けのガスコンロで肉を焼きながら、森山はぐいぐいビールを呷《あお》る。肉を食べたくて来たわけではないと、容子が隣で目を尖らせている。

「あのな、俺はつきあう相手としてはけっこうお得やぞ。安くていい店を知ってるし、車やバイクの運転は得意で、車にも凝るほうだから足にも困らん。何より、気が優しくて力持ちだから。あ、これマジなんで」

たわいのない言葉で自分を売り込みながら、森山がニタニタ笑う。冗談ではない。文句を言おうと開きかけた史奈の口に、森山が焼き上げたカルビを押し込んだ。

「ほれ、食ってみ。話はそれから」

――あ、美味しい。

史奈は思わず掌《てのひら》で口を隠した。腹立たしいが、舌は正直だ。柔らかくてジューシーで、いい肉だ。タレもよくできている。ご飯が欲しくなる。

「メシも頼んだから、もうちょっと待ちな。米と一緒に食べる肉はサイコーや」

腹は立つけれど、この男のペースでしばらくやりとりを続けるしかなさそうだ。そう、史奈は肚をくくった。容子も目を光らせながら、しばし黙ることに決めたようだ。

「――俺たちの地元は山陰地方だけど、たいてい若いころ大阪に稼ぎに来るんで、大阪の店には詳しいんよ」

障子を閉めて安心したのか、森山がちらりと彼らの一族の事情を明かす。史奈と容子のために肉やピーマンを焼き、合間に自分の肉も焼いて、ビールで流し込む。けっこう忙しい。

彼の言葉どおり、ご飯とともに肉を食べると、ちょっと信じられないくらい美味しかった。場所は覚えたが、この店が東京でなく大阪にあるのが残念だ。

「——嗅覚が人よりすぐれているのは、あなたたちの特徴なの？」

森山がまた、片方の唇を上げて、犬歯を見せた。

「あんた、よう気づいたな。新宿で逃げられた時、気づかれたなとは悟ったが」

「昔からそうなの？」

「おう。昔からだ。俺も生まれた時からな。そういう一族なんで」

ではやはり、特殊能力を持つ一族が、他にもいたのだ。

「どうして尾行したの？」

「おしゃべりしたかったからな」

目を上げて、ニッと笑う。

——変な男だ。

こちらの真意はわかっているだろうに、答えをはぐらかしている。だが、だんだん腹は立たなくなってきた。こういう性格なのだと理解すると、怒るのが馬鹿馬鹿しくなるものらしい。

「話があると言ってたけど、まだ肝心の話はしていないでしょ」

容子が尋ねたが、彼女の質問もいつもの斬りつけるような迫力には欠ける。

「近々、スポーツ界がでんぐり返るような発表がある」

さらっと口にして、森山はビールを飲んだ。

「スポーツ選手、特に世界で戦うことを目標にするトップレベルのアスリートが、究極の選択を迫られる」

「どういうこと？」

容子も、まさにそのレベルのアスリートのひとりだ。鋭い視線を注ぐと、森山は肩をすくめた。

「新しい競技と団体が生まれるんだ。陸上のトラック競技とバスケみたいな球技を融合させた競技だ。競技名は、ハイパー・ウラマと呼ばれている。その競技の選手は、ドーピング、遺伝子編集、人体改造、勝つためならその国で違法でない限り何をしてもかまわない。そういうルールなんだ。スポーツの概念を覆す、新たな競技になる」

しばらく、容子が——あの容子が——絶句していた。

「——そんなこと、あるはずがない」

「だけど、あるんだ。もうじき発表されるはずや。国内だけやない。団体の本拠地は米国で、他にもいくつか参加しそうな国がある」

「それは、地下競技みたいなものなの？　賭けボクシングとか、地下プロレスとか」

「いや。表の世界で発表して、『本当の世界一を決める』と謳《うた》うわけ」

森山の言葉に、ハッとした。

――本当の世界一。

ドーピングや人体改造を許可し、あらゆる手段で身体能力を改善したうえで競技を行った場合に、誰がもっとも強いのか。

そんな言葉が囁かれることがある。

パラリンピックで走り幅跳びの選手として活躍する、ドイツのマルクス・レームは、リオデジャネイロのオリンピックにも出場申請をしていたという。だが、競技中に彼が装着しているブレード式の義足が、健常者より有利に働く可能性があると見られ、出場できなかった。

本当の世界一は誰なのか？

史奈は関心がないが、その言葉を魅力的に感じる人もいるだろう。

「ドーピングや人体改造がスポーツ競技で禁じられているのは、それが選手の身体にとって、良くないことだから。もちろんパラリンピアンが義足をつけたりするのは別の話だけど。薬物の力を借りて世界一になったところで、結局は選手生命を縮めるどころか、命を縮めるかもしれない。そんな競技、倫理的に許されない」

容子が強い口調で詰《なじ》ると、森山が肉を焼いていたトングを左右に振った。

「そんなこと俺に言うても、知らんわ！　とにかく、そういう競技を準備している連中がいるんや」

容子は表情を消し、黙り込んだ。こういうときの彼女は怖い。史奈は経験上、知っている。容子は今、その整った顔の裏で素早く計算を巡らし、自分たちがこれからどのように行動すべきか検討しているのだ。

「なぜその話をあなたが知っているの。それに、なぜそれを私たちに話すの」

史奈の疑問に、森山がニヤリとした。

「おう。それそれ。実はその競技には、俺たちの一族も参加する予定だ」

——なんだって！

ふたりとも声には出さなかったが、史奈は容子も心の中で叫ぶのが聞こえた気がした。

「そっちのあんたが反対したように、何の準備もせず、この競技の開催を発表しても、参加するアスリートはおそらくいない。どころか、非難ごうごうで炎上して、中止に追い込まれるのは目に見えている。だから、あらかじめ競技に参加して、盛り上げてくれそうな連中に声をかけて、競技団体が先に人数をそろえているんや」

呆れた話だった。つまり、森山の情報が正しければ、アスリートの健康とか、スポーツ倫理とか、これまでみんなが大事に守ってきたことを覆すために、すでに時間をかけて準備を整えているということだ。

「わかると思うが、俺たちの一族も、これまで表の世界にはあまり出なかったが、もし陸上競技に出場すれば、世界レベルで上位の成績を残せる自信がある。俺たちのことを知っている奴が、競技団体に教えたんだよ」

「あなたも出るの？」

初めて、森山が戸惑うように言葉を切り、もごもごと唇を閉じたり開いたりした。

「――まだ決めてない。陸上競技はともかく、球技は苦手なんで」

容子が眉をひそめた。

「そんなもの、まともなアスリートは参加しない。だって、そんな競技に一度でも参加すれば、どんな競技団体からも排除されて、競技生命を絶たれることになる」

厳しい口調だった。彼女の言う通りだろう。スポーツは公明正大に正々堂々と戦うものだ。あらゆるドーピングを認める競技など、正当な競技団体から見れば邪道もいいところだ。

「さあな。そう思いたいだろうけど、意外に何が起きるかわからんよ。発表されれば、世界中が度肝を抜かれるからな」

森山はすでに詳細をつかんでいて、それを明らかにしたくないのかもしれない。

「それで、私たちに話したのはなぜ？」

史奈は森山の表情を観察した。会話に熱が入りすぎて、焦がした肉を慌てて自分の皿に引き上げている。

「――反応を知りたかったのさ」

森山は物憂げにこちらを見返した。

「あんたたちがハイパー・ウラマに参戦するかどうか。参戦するなら、いちばんのライバルになりそうだからな」

「〈梟〉は、ドーピングみたいな行為は大嫌いだから。参戦なんてしない」

容子がにべもなく応じると、森山がへらへらと笑った。

「おう、助かるね。それなら初代チャンピオンは、うちの一族が頂きだな」

もし彼の言葉通りなら、〈梟〉は〈狗〉の一族とはうまくやっていけそうにない。倫理観念が違いすぎるようだ。

森山は、名刺を持参していた。白地にごく普通の書体で、名前とラインのアカウント、電話番号を書いただけのそっけないものだ。

「次はもう後をつけなくていいように、あんたらの連絡先をくれよ」

史奈は容子と顔を見合わせた。容子が膝を立て、立ち上がる。

「必要になれば、こちらから連絡する」

「えっ、そんな態度？」

「また史奈を尾行したりしたら、次は容赦しない。覚えておいて」

すがるような目をして森山がこちらを見上げたが、史奈も名刺だけ拾い上げ、知らん顔で立ち上がった。

「尾行するような人を信用できないから」

「ええっ、あんたも？」

がっくりと肩を落とした森山の前に、容子がさっと一万円札を置いた。森山の目が陰険にそれを見る。

「あんたに借りは作らない。今度は、もう少しマシな用件で会えるといいけどね」

「——へいへい。わかりましたよ」

もう行こう、と容子と頷きあった時、森山があぐらをかいたまま、「なあ」と声をかけてきた。

「さっき史奈に言ったことは本気だぞ。あんたら、俺と年齢も釣り合うし、ふたりともいい女で俺の好みだ。〈梟〉の女と〈狗〉の男、どちらも身体能力が抜群で、ちょっと変わった力も持っている。悪くないやろ？　どっちか俺とつきあってみん？」

——いきなり呼び捨てか。

史奈はあまりのことに目を丸くしていたが、容子の目は針のように鋭くなって、火が吹けるものなら相手を燃やしてやりたい、と言いたげな顔をしていた。

「どっちか、なんて言える男に興味はない」

容子が冷たく言い放つと、森山は「それもそうか」と軽く応じて、悪びれない態度で笑った。

「了解だ。今度会うときまでに、どっちかに決めとくわ」

史奈は障子を開け、きちんとそろえて並べられた靴に足を滑りこませた。焼肉屋の女将《おかみ》さんが、険悪な雰囲気に気づいたのか、ことさらにこやかに笑って「また来てね」と朗らかな声をかけてきた。ふたりそろって、ぺこりと頭を下げる。

「――あんな奴とつきあうなんて、ありえない」

外に出ても、容子はまだ怒りを隠さなかった。その点については、史奈も同感だ。

――篠田さん、どうしてるかな。

四年前の事件で知り合った、年上の恋人の面影が浮かんだ。篠田俊夫なら、あんな傍若無人なアプローチはしない。

「篠田さん、元気なの？」

こちらを横目で見た容子が尋ねる。時々、彼女は他人の心を読めるんじゃないかと思うことがある。

「しばらく会ってないけど、元気そうだよ」

「相手があの人なら、私も反対なんかしない。〈外〉の人間だけど、地に足がついているもの。一族の中に、若い男なんて数えるほどしかいないし」

たしかに、警備会社に勤務していた篠田が、事件をきっかけに農業や自然に興味を持ち、農家で修業すると聞いた時は驚いたが、堅実な彼らしいとも感じた。

「それより、ハイパー・ウラマの件はどうも気になる」

史奈は軽く頭を振った。焼肉の匂いが、まだかすかに髪にまといついている。嫌いな匂いではないが、そのしつこさが〈狗〉の一族を標榜《ひょうぼう》する森山疾風にも似ている。

「出水さんの依頼も、その件に関係しているんじゃないかな」

容子も頷いた。

「そうかもしれない。だとすれば、彼はどうして新しい競技の立ち上げを知っているのかが気になる」

森山の話が本当なら、世界でもごくひと握りの、限られた立場にいる人間だけが知る計画のはずだ。準備が整う前にマスコミに漏れたりすれば、各種の競技団体などが圧力をかけて、潰そうとするかもしれない。

少数の人間だけで、秘密裏に進めている計画。それを、出水は知っていたことになる。

「出水だけじゃない。十條という研究者も、もしかすると関係しているかもしれない。ドーピングに制約を設けないというルールから見て、ドーピングの技術を持つ人間も関わっていると考えたほうがいいでしょう」

「――ねえ、容子ちゃん。森山は、なぜそんな大事なことを、私たちに教えたの？　もし私たちが今から新聞社に駆け込んで話せば、計画そのものが白紙に戻るかもしれないのに」

容子は、その案を真剣に検討しているかのように、暗い目をして、しばし押し黙った。

「――それは無理ね。つまり、私たちが今の会話をもとにマスコミにリークしても、まともなメディアなら裏を取ろうとする。そのためには時間も必要だし、だいたい今みたいな途方もない話を信じる記者がいるかどうか。森山はそれも見越して、私たちに明かしたと見たほうがいいと思う。だとしても、森山が私たちに話した本当の理由は、見当もつかないけど。〈梟〉が参戦するかどうか知りたかっただなんて、嘘に決まっている」

容子の言う通りだ。つまり、ハイパー・ウラマは、史奈たちの予想をはるかに超える早さで発表されるのかもしれない。

ふっと、容子が細い吐息を漏らした。

「せっかく宿まで取ったのに、もう大阪にいる理由がなくなったね。明日の新幹線で帰るとして、今夜はどうする？」

森山たちから隠れるために大阪に来たのに、見つかってしまった。そのおかげで、彼らの目的が判明したのは良かったのだが。

「私、大阪は初めてだから、いろいろ見て回りたい」

「それなら、キタとミナミをざっと案内する。行きましょう」

史奈は容子について、歩きだした。すれ違う人たちが、どことなく妙な表情を浮かべ、時に振り返ってまでこちらの様子を確かめるのは、ふたりの足があまりに速いからだ。今すれ違ったかと思うと、次の瞬間には遠く離れている。声をかけようとした若者らが、宙ぶらりんな表情で、あっという間に去っていく史奈たちを見送っている。

――〈梟〉は立ち止まらず、ついてこられる人は、そうそういない。

こちらが、対等なパートナーとして認めた相手以外には。

5

翌日の午後、史奈たちが新幹線で東京駅に到着した時には、すでに嵐は唸りを上げていた。

『話題沸騰！　新競技ハイパー・ウラマはこんなスポーツ』

『議論必至、各種の国際競技連盟が緊急声明発表！』

『ハイパー・ウラマはスポーツか？』

『ドーピングで競技界を追放された選手たちが、続々と参戦宣言』

ネットニュースやSNSは、ハイパー・ウラマの話題で埋まっている。

あまりの急展開に、史奈は容子とふたりで東京駅の構内にとどまり、スマホを駆使して最新情報の収集につとめるしかなかった。若い女性が通路の端にふたり並んで、熱心にスマホの画面を睨んでいる光景など、今や珍しくもなんともない。誰もこちらに注目しないのが、都会の心地よさだ。

午前中に、メキシコの首都メキシコシティで、ハイパー・ウラマの主催者が新競技立ち上げに関する記者会見を行ったそうだ。

主催者がメキシコを公表の舞台に選んだのは、ウラマが古代アステカやインカ、マヤなどで行われていたスポーツであり、豊穣《ほうじよう》を祈るための儀式でもあったからだという。

競技場の両端の壁面、高さ六メートルの位置に、直径二十二センチの鋼鉄リングがひとつずつ、わっかの向きが地面と垂直になるよう設置されている。バスケットボールのような要領で、相手のリングへ、直径二十センチ、重さ四キロのゴムボールを通したものが勝つ。

『私たちの競技は、古代のゲームとまったく同じではありません』

動画サイトで公開されている記者会見動画で、国籍不明の主催者が英語で解説している。アシヤと名乗った男は、肌の色は浅黒く、鼻梁は高くとがり、唇は薄い。縮れた黒髪にがっちりとした体格、史奈の見るところ、さまざまなルーツが混然一体となっているようだ。

『競技は選手がふたつのチームに分かれて対戦します。古代のウラマは、両手を使うことを禁じられ、腰や尻でゴムボールを打ってリングに通さねばなりませんでした。ハイパー・ウラマは、両手が使用できる代わりに、競技場に工夫があります。こちらの映像で、新しいスポーツをご覧ください！』

競技のイメージビデオが始まると、記者会見の会場が一瞬凍りつき、次いで沸いた。

この反応を見せるために、この時代にわざわざリアルな記者会見など開いたのに違いない。

白髪交じりの長髪、顎に大きな傷跡のある男が、風に髪をなびかせている。

映っているのは、十年ほど前、過去七年にわたってドーピングを行っていたことが明らかになり、競技界を永久追放された自転車ロードレースの選手だった。七年の間、彼はロードレース界の人気者で、余人の追随を許さない驚異的な記録を残し続けた。今は、そのすべての記録が抹消され、タイトルも剝奪されている。

――マルセル・シルベストルが出場する！

――新競技で再起するのか！

それまで眉に唾をつけるような態度で聞いていた記者たちが、急に前のめりになった。なにしろ、追放されるまで、シルベストルは気さくな態度で取材に応じる陽気な皇帝として崇拝されていたのだ。

対戦相手が画面に登場した時には、会場がどよめいた。

――ローラン・アダムス！

六年前の世界陸上競技大会で、百メートル走の世界記録を出しながら、ドーピング検査で禁止薬物の使用を指摘され、やはり陸上界から永久追放された。当時、若干二十一歳で、まだ幼さの残る笑顔に魅了されたファン層から、追放撤回の嘆願書が出されたほどの人気者だ。

シルベストル四十六歳、アダムス二十七歳。親子ほども年齢の離れたふたりが、長辺百メートルの細長い競技場の中央に立ち、にらみあう。ゴールのリングは、競技場の両端に見えている。

――先に短距離走を競い、リングに到着した者が投擲《とうてき》してゴールを狙うのか。

そう、史奈も考えた。だが違った。

笛の音とともに、競技場にサッカーボール大の真っ黒なゴムボールがひとつ投げ込まれると、ふたりは互いに相手に取らせまいと、激しく体当たりした。

当たり負けして二、三歩よろめいたのはシルベストルで、そのすきに若いアダムスがボールを拾い、素早く走りだす。その足に、シルベストルが猛然とタックルをかける。

豪快な迫力に、記者たちが仕事を忘れて騒然となる。

前方に飛び出して転がっていくボールを、芝生に倒れたふたりが起き上がり、追いかけ始めた。先にボールをつかんだのはシルベストルだったが、今度はアダムスが走りだす相手の足を引っかける。シルベストルが、勢いあまって泳ぐように手をばたつかせ、派手に転んだすきに、アダムスがボールを捕まえて今度こそ敵側ゴールまで独走する。

ふたりともすでに足が傷だらけだ。

しかも、ウラマのボールは内側までみっちりゴムが詰まった、重たいものだ。重さは四キロあるそうだから、ボールを奪いあう間に、ふたりとも指を痛めているようだ。

「──森山はトラック競技と球技の融合と言ったけど、むしろ格闘技みたい」

史奈の呟きに、容子も頷いた。

「お金の臭いがする」

彼女の言いたいことは、史奈にも伝わった。

ドーピングが原因で競技から追放された、世界中で愛された「汚れた英雄」たちの起用。ドーピングが許される世界という、これまで存在しなかった新しいフィールドの提供。

この競技を観戦するために、金を惜しまぬ客は多いだろう。テレビや動画サイトでの放映権、グッズ販売──ハイパー・ウラマが生む経済効果は、どれほど巨額になることだろう。

『ルールは単純です。ひとつしかないボールを、相手ゴールに入れると得点できます。

百メートルを、相手の追走を許さない速度で走り切ってもよし。互いの邪魔をして、ボールを奪ってもよし。ただしその場合、相手の腰から上に身体のいずれかの部分で意図的に接触すれば、ファウルとなります。ファウル三回で失格、自動的に相手方の勝利です』

主催者アシヤが説明する。

『ご覧ください、ローラン・アダムスのこの美しいフォーム！』

アシヤは、彼自身が感銘を受けたかのように、声を震わせた。たしかに、アダムスのフォームは、現役時代と同じようにたいそう動物的で美しかった。ヒョウやトラなど、ネコ科の動物のようにしなやかだ。

リングまで流れるように独走したアダムスは、ジャンプシュートを試みたが、黒いゴムボールはゴールのふちにぶつかって、空高く跳ね返った。アダムスの表情が悔しげに歪んだ。

――このゴールを決めるのは、不可能ではないか。

高さ六メートルのゴールは、リングのサイズがボールとほとんど同じだ。リングにぴったりボールを投げ入れるなんて、超人技ではないだろうか。

会場の記者たちも、史奈と同じように懐疑的だったようだ。

だから、大きく跳ね返ったボールをシルベストルがつかみ、今度は逆の向きに走って、相手側ゴールの真下に走りこみ、驚くほど高いジャンプシュートを正確に決めた時にはどよめきが起きた。

肩で息をつきながら、シルベストルとアダムスがスポーツマンらしく互いの健闘を称え、握手する。演技に違いないとは思うものの、心を動かされるシーンだ。

『ふたりとも、二年間、この競技に参戦するために訓練を重ねました。そしてこの瞬間、彼らはふたりとも、以前愛した競技から追放される原因となった薬物を摂取しています。わずかな薬物の使用がなんだというのです？　どちらも、違法な薬物ではありません。風邪薬にも入っているようなものです。その程度のことで、このふたりの超人的、驚異的な肉体の力を表舞台から消し去ることが、正しいと思いますか？』

隣で容子がチッと舌打ちした。当然だ。自分自身の力を限界まで高めようと必死なアスリートにしてみれば、ドーピングで勝利を奪われるなんて不条理もいいところだ。

『すでに、世界二十七か国の競技者二百人以上から、ハイパー・ウラマへの参加申し込みを受けました。該当する二十七か国にはすぐにも競技団体を立ち上げ、一般参加者の受け入れ態勢も整えます。そして、第一回ハイパー・ウラマ世界大会の予選を、来月十五日から開催します！』

何かご質問は、との声と同時に、記者たちの手がいっせいに上がる。

『ドーピングはスポーツの公平さ、公正さを阻害するという見方もあります。それに対してはどうお考えですか』

『ハイパー・ウラマはそれが当事者国にとって違法でない限り、ドーピングを制限しません。当初からそういうルールなのですから、公正さを阻害するとは思いません』

『ドーピングを禁止する別の理由は、選手の健康を損ねる恐れがあるためですよね。その側面についてはどうお考えですか』

『アスリートが世界の頂上で戦える期間は、それほど長くありません。その短い期間に、少しでも良い結果を残したい、記録を出したいと考えるのは自然なことです。健康を損ねることが怖ければ、ハイパー・ウラマには向いていない。参加しなければいいんです。なにしろ、アステカ文明のウラマは、神に捧《ささ》げる生贄《いけにえ》を選ぶ目的でも利用されました。負けた側が首を刎《は》ねられることもあれば、勝利した側が報酬として生贄になることもありました。それは名誉な死でした。もちろんハイパー・ウラマの競技者は、勝敗にかかわらず首を刎ねられたりしませんが、名誉には犠牲も伴うということです』

『ハイパー・ウラマの参加者は、ドーピング検査を受けないということですか』

『いっさいの検査を行いません』

再び、会場がどよめいた。

主催者が検査を行わないと宣言するなら、違法な薬物ですら、その気になれば利用できるということではないか。

『でも――でも、競技はやはり、公平に行われるべきではありませんか。ハイパー・ウラマのゲーム自体は、興味深く拝見しました。チャレンジングで、肉体のさまざまな機能を駆使しなければ勝利をおさめるのは難しい、複雑な競技です。だからこそ、選手のためにもスタートラインをそろえて、公平な条件で開催すべきと思うのですが』

意を決したように若い男性記者が立ち上がり、半分抗議のような質問をする。アシヤがじろりとそちらを睨んだ。青臭い意見を言う奴だと考えているのが、画面越しにも伝わってくる。

『公平？　公平な条件とは、何ですか？　人間は生まれた時からすでに不公平です。生まれた国が違う。人種が違う。性別が違う。同じ国の中ですら、激しい格差がある。子どものころから、不自由なく健康的な食生活をしてきたアスリートと、食うものも食わずに子どものころから水汲みに行って家族を助けてきたアスリートを比較して、いったいどこが公平ですか。そもそも、生まれた時点で身体にそなわる遺伝子は千差万別です。頭脳、体力、才能、みんなひとりひとり個別の条件を背負って生まれてくるのです。公平な条件とは、同じ遺伝子を持った人間が、同じものを食べて育ち、同じだけの時間を練習に費やすことができ、同じコーチのもとで指導を受けることを言うべきではありませんか。競技の当日、禁止されている薬物を摂取した？　たったそれだけ？　それほどささやかで、罪の軽い違反行為がありますか？』

記者は何か反論しようと試みたが、その小さな声にかぶせるように、アシヤが大声を出した。

『お黙りなさい！　そもそも、この場に来られた記者の皆さんが育ったのは、貧民街の掘っ立て小屋に今も住む人たちより、恵まれた環境ではなかったと言い切ることができますか？　ご両親は裕福で、子どもの教育に熱心だったのではありませんか？　あなたは子どものころから、学習時間をぞんぶんに与えられてきたのではありませんか？　完璧に公平な環境で生きてきた人だけが、この場で公平を語る資格があるのではないでしょうか？』

先ほどの記者はぐうの音も出ない様子で、顔を朱に染めて、椅子に座りなおした。

アシヤが右手をまっすぐ天に向けて突き出した。

『私はここに宣言します。ハイパー・ウラマは、世界でもっとも公平な競技です。自分に足りない能力を薬物や器具の力で補い、スタートラインをそろえて競技に挑むことができるのです。これまでのスポーツ界から追放された皆さん。「公平・公正な」スポーツに物足りないものを感じていた皆さん。ここに来て、戦いに身を投じてください。世界が変わる実感が得られることでしょう』

ハイパー・ウラマ世界連盟の支部が作られる二十七か国が、世界地図に赤い光点となって浮かびあがる。日本も赤く輝いている。

「早急に、十條を調べる必要がありそうね」

容子が呟く。

「父さんに、十條の居場所や連絡先がわかったかどうか、聞いてみる」

チャットで質問を投げ、検索を続ける。

アシヤの記者会見の後、ネットではハイパー・ウラマに対する賛否両論の声が沸騰している。意外だったのは、アシヤを支持する層が予想外に厚いことだ。

『スポーツは決められたルール内で勝敗を競うものだ。既存の競技は、ドーピングを不可とするルールだった。新たに、ドーピングを認める競技が生まれただけの話だ』

米国のスポーツライターが動画でそう語り、日本のスポーツメディアがさっそく日本語の字幕をつけて公開している。

『薬物によるドーピングだけではない。現在は倫理的な理由からヒト胚の遺伝子編集が禁止されているが、やがては解禁されるだろう。遺伝子を編集すれば、人類という種がより完全に近づく。そんな魅力的な誘惑に、人類が勝てるはずがない』

スポーツ医学の研究者がインタビューに応じ、そんなことも語っている。

意外なほどスムーズに、世界がハイパー・ウラマを受け入れようとしていた。

「――十條は、勤務先の研究所を昨日付けで退職したって」

榊教授から返ってきたメッセージを見て、史奈は軽く唇を曲げた。ハイパー・ウラマの公表前日に退職するとは。

「間違いない。十條はハイパー・ウラマと関わりがある」

容子も同じ意見のようだ。

「研究所に届けていた自宅住所も、もう引き払って誰もいないんですって」

「それじゃ、やっぱり居場所不明なの？」

「父さんのいる大学に、十條と同期だった研究者がいて、昔、十條とシェアしていたマンションを、まだ十條が研究室として使っているかもしれないって、教えてくれたんですって。十條が隠れているかどうかはわからないけど、行ってみようかな」

「それなら、史ちゃんは十條の身辺を調べて。私は出水さんを調べてみようと思う」

ふた手に分かれるというのは、自信家の容子らしい考え方だ。来月からハイパー・ウラマの競技が始まるなら、あまりぐずぐずもしていられない。

何かわかればチャットで連絡を取り合うことにして、史奈は教えてもらった十條の部屋がある、墨田《すみだ》区に向かった。

住所は、東京メトロ半蔵門《はんぞうもん》線の曳舟《ひきふね》駅の近くのようだが、史奈は東京駅からJR総武線に乗り、錦糸町《きんしちょう》駅で降りて歩くことにした。

東京に出てきて四年たち、その間に史奈はスマホの地図を頼りに各地を歩き回った。

土地勘があれば、いざという時に役に立つ。いちいち地図を確認しなくても、目印になる建造物の位置を記憶していれば、方角の見当をつけ、自在に歩ける。

このあたりならそれは、間違いなく押上《おしあげ》の東京スカイツリーだ。

どこを歩いていても、ビルとビルの隙間から、あるいは高層ビルの上に、ひょいと顔を出す。特徴的な形のおかげで、見誤る恐れもない。高さもわかっているから、距離の感覚もつかみやすい。

錦糸町駅から押上まで歩き、白いスカイツリーを見上げる。「空に向かって伸びる大きな木」を意識してデザインされたという巨大な電波塔の優美な姿に、史奈はひそかに誓う。

――いつか必ず、登ってみせるから。

東京タワーは制覇した。次はスカイツリーだ。

日本一の高さを誇る塔からの眺めは、どんなに心躍るだろう。

ふと、ドーピングという手段を使って勝利に執着する選手たちや、彼らの心理状態につけこんで、それを金儲《かねもう》けの道具にするアシヤのような人たちのことを考えた。

彼らを見下すつもりはない。

ただ、自分の力ではないものに頼って勝利を得て、満足できるのだろうか。逆に苦しくはないか。それとも、やっぱり彼らだって苦しくて、それでもドーピングに頼ってしまうくらい、追い詰められているのだろうか。

〈梟〉の一族は、己の能力を研鑽《けんさん》するのが好きだが、同時に能力を試す機会を求めている。自分自身の能力を究極まで高めたいのだ。

だが、もし仕事でさらに高い能力が必要になったなら、迷わず和也が開発している器具にも頼る。それはドーピングと同じだろうか。スポーツとは異なるフィールドの話なのだから、もちろんルール違反ではないのだが。

十條のマンションは、曳舟駅と隅田川《すみだがわ》を結ぶ中間あたりにある。このあたりは向島《むこうじま》と呼ばれる地域だそうで、今でも料亭に上がってお茶屋遊びができるらしい。時おり現れる古い日本の面影を残した瀟洒《しょうしゃ》な料亭に、わずかにその雰囲気をうかがい知ることはできるが、歩いていてもごくふつうの住宅街だ。

ただ、近ごろは都会でほとんど見かけることのない、八百屋、ふとん屋、鮮魚店といった看板がぽつり、ぽつりと見られて、町の歴史の長さを思わせた。

東京に来て半年ばかりのころ、自由に出歩けるようになってまず見に行ったのは、向島百花園だ。江戸時代、骨董《こっとう》商の佐原鞠塢《さわらきくう》が花の咲く草木の観賞用に開いたという、花園だった。十代の女子が、東京に来て真っ先に見たがる場所ではないだろうが、祖母の影響で、史奈も植物が好きだ。

里にいる時は、山に入れば四季折々の草花がそこらじゅうにあった。

——東京では、わざわざ花園に植えて、手入れをしているのだ。

それが、わずかに驚きではあった。

十條が同期とシェアしていたという部屋は、築四十年は経っていそうな白壁のマンションの一室だった。白い壁が、年月とともに灰色にくすんでおり、古いためにセキュリティは甘い。マンションには誰でも入ることができた。十條の部屋だという206号室の郵便受けには何も書かれていないが、かえって十條がここにいる可能性を感じさせた。

三階建てのマンションは、十七戸ほどしか部屋数がないようで、耳をすませると内部はしんと静まり返っている。

史奈は、205号室の郵便受けに「加藤《かとう》」と書かれているのを確認すると、大胆に階段を上っていった。

二階には六つの扉が並んでいる。端の扉まで行くと、チャイムを鳴らして待った。もし応答があれば、205号室と間違えたと言うつもりだったが、応答はない。

——やっぱりいないのかな。

研究所を辞め、十條はハイパー・ウラマに協力するつもりなのだろうか。このマンションも、とっくに引き払ってしまって、戻ってくることはないのかもしれない。

ドアの鍵は、ディスクシリンダー錠がひとつだけ。廊下に防犯カメラはない。二階の廊下に人の気配はない。

それだけ確認すると、史奈は携帯しているツールセットから細いピンを二本取り出し、ピッキングにとりかかった。指紋を残さないよう、薄いレースの手袋をはめている。

子どものころから、祖母や勢三さんに教わり、ディスクシリンダー錠なら数十秒もあればたいてい開けられるようになった。音もたてないし、今ではほとんどピッキングの傷も残さない。あまり史奈を褒めなかった祖母も、解錠技術に関しては里で一番の腕前だと言ってくれた。

カチリとシリンダーが噛《か》み合う音がして、鍵が開く。十條が室内から襲いかかってくることを想定して、そっとドアを開いた。

――誰もいない。

廊下に誰もいないことを再び確認し、内部に身体をすべりこませる。万が一、十條が戻ってきたときのことを考え、鍵を閉めなおす。靴は脱いで、袋に入れて鞄《かばん》に詰めた。

窮屈な印象の1DKだ。窮屈に見えるのは、書棚が壁を覆いつくし、床や机にも本が積み上げられているからだ。史奈には内容が見当もつかない、科学の専門書が多いようだ。人間がひとり動き回ることのできるスペースが、ごく限られている。

ノートの表紙に、「十條」と走り書きされたものがあった。

――十條は、まだここを借りている。

ここで何を探せばいいのか、史奈にもはっきりわかっているわけではなかった。

交友関係がわかるもの。特に、最近の研究内容や、メールのやりとり。遺伝子ドーピングにまつわる資料など。そう都合よく見つかるとも思えないし、専門知識のない人間が見たところで、どれがその資料なのか判断することもできないのだが、史奈は片っ端から本の背表紙を撮影した。論文を印刷したものを見つければ、タイトルを撮影する。すべて英語の論文だ。これを、榊教授に確認してもらうつもりだ。少なくとも十條の関心を知ることはできる。

部屋にパソコンはないが、机の中央にそこだけ本が積まれていないスペースがあるので、ふだんはそこに置かれているのだろう。持ち歩いているようだ。

十條は、ペーパーレスとはほど遠い生活を送っている。古い型のキンドルも置かれているが、ホコリをかぶっている。専門書を紙で読むタイプらしい。それに、ちょっとした文書でも印刷して読みたいらしく、ネットでダウンロードしたらしい論文を、わざわざ紙に印字してファイリングしている。パラパラとめくってみて、理由がなんとなく理解できた。山ほどボールペンや赤ペンで書き込みがされているのだ。

だが、そのおかげで史奈は写真に撮れる。

雑然とした机には、郵便物や名刺、領収書やレシート、請求書、契約書とおぼしきものまで、無造作に積んであった。半ば驚き、半ば呆れながら、ひとつひとつ写真に撮っていく。名刺は、大学関係者や、退職したという勤務先の企業の研究者、社名や肩書のない、氏名とメールアドレスのみのものも何枚か混じっている。

契約書は、出版社との出版契約だ。史奈が聞いたこともない出版社だが、スマホで検索してみると、理系の専門書を発行する会社のようだ。十條は自分の専門分野で本を書こうとしているのだろうか。

机まわりをあらかた撮影すると、史奈はキッチンに足を踏み入れた。二口コンロと流しがあるだけの小さなキッチンに、ひとり暮らしの独身男性にしては大きすぎる冷凍冷蔵庫が置かれている。

扉を開けてみて、理由がわかった。

この冷凍冷蔵庫に、食品は入っていない。シャーレや試験管がずらりと並んでいる。実験中の何かを保管しているらしい。

冷凍庫には、金属製の容器がいくつか収められていた。触れると表面に痕跡が残りそうなので、触るのはやめておいた。

シャーレや試験管には、付箋紙に書かれたメモが貼り付けられている。念のため、それも写真に撮った。

――それにしても、生活感のない部屋。

住んでいるわけではなく、研究室なら当然だろうか。

ガスコンロはピカピカで、台所にフライパンや大きな鍋はひとつもない。あるのは小さな雪平鍋がひとつと、電気湯沸かし器だけだ。生ごみもないところを見ると、十條は外食中心の生活をしているのかもしれない。

部屋の隅には寝袋が置かれている。眠らない〈梟〉の家にはないものだ。ざっと枕元や壁を見たが、気になるものはない。十條は自宅を引き払い、一時的にここに隠れているのかもしれない。

バスルームや洗面所までチェックしたが、これだけ雑多にものがあふれていても、十條という男の個性につながるようなものは、何ひとつ見当たらなかった。

洗面所の収納には、T字のカミソリが山ほど入っていた。特売でもあったのだろうかと、ちょっと微笑ましい。

やがて史奈の耳は、廊下を近づいてくる軽い足音を聞きつけた。

――十條が帰ってきた！

急いで、室内のすべてのものが、史奈が入ってきた時と同じ位置にあることを確認した。非常時の逃走経路はベランダだ。静かに窓を開け、ベランダに出た。もう、玄関の鍵を開ける音がしている。外からベランダの鍵をかける余裕はない。二階なので、手すりを乗り越えて、マンションの前の道路に身軽に飛び降りた。住宅地の平日の昼下がり、人通りがないのは幸いだった。

十條が注意深い男なら、ベランダに出る窓の鍵が開けっ放しになっていることに気がつくかもしれない。

史奈は走ってその場を離れ、二ブロック先から十條のマンションを見守った。

ほどなく窓が開き、痩せぎみの背の高い男が、ベランダに現れた。十條だ。彼はベランダの手すりを握り、何かを探すかのように左右を見回すと、史奈がいる方角にぴたりと視線を留めた。

ギクリとして、史奈はビルの陰に隠れた。

――そんな馬鹿な。

あの視線。

十條はまるで、侵入者の居場所にはっきり気がついているようだ。

この感覚には、覚えがある。

わずか数日前、新宿歌舞伎町で。しつこい尾行者を撒いたつもりが、正確に居場所を知られていた、あの時。

――十條は、森山疾風たち〈狗〉の一族と、関わりがある。

その考えに、史奈は身を震わせた。ひょっとすると、十條も〈狗〉のひとりなのかもしれない。

すぐにここを離れなければならない。

撮影したデータを持って、榊教授に会わなければならないようだ。

6

顔見知りの新聞記者が、小さな声で「お疲れ」と言って頷きかけた。

「どうも、お疲れさん」

方喰《かたばみ》も同じように小声で挨拶する。

スポーツ用品メーカーのアテナが記者会見を開くというので、会見場に設定されたアテナ本社に足を運んだところだ。パイプ椅子が間隔を空けて置かれ、方喰のようなスポーツ新聞の記者、一般紙のスポーツ面の担当記者、雑誌記者、テレビやラジオの取材班なども来ているが、さほど多くはない。

ウイルス禍で、記者会見もオンライン化が進むと予想されたが、いざ蓋を開けてみればさほどでもなかった。中には、記者がつめかけた会見場に巨大なモニターが設置され、リモートで発表されるケースがあったりして、いったい何のために会場を設定したのかと不思議に思うこともある。

いっそ、記者会見などやめて、興味のある人ならネットで誰でも見られるように、情報発信すればいいと思うが、そうなると新聞記者の存在意義もない。

情報の発信者と受け手が直接つながることのできる社会になったからこそ、情報を整理し、ニュースの意味を補完して語ることの重要さが増したのだと方喰は感じている。だから、今日の記者会見は彼にとって、手を抜くことのできない最重要案件のひとつだった。

——なにしろ、長栖諒一に関する会見だから。

今日は朝から、海外発のハイパー・ウラマという新しい競技が発表され、スポーツ界を震撼《しんかん》させているが、方喰にとってはそれよりなにより長栖兄妹の動向が重要だ。何年も追い続け、ようやくアスリート本人に直接インタビューできるようになって、ますます惚《ほ》れ込んでいる。ハイパー・ウラマなどという、際限のないドーピングを許可するような、スポーツの本流からかけ離れたゲームには興味もない。

「本日はご多用のところ、お時間をいただきましてありがとうございます。アテナ広報室長の郡山《こおりやま》です。一時になりましたので、記者会見を始めさせていただきます」

午後一時ぴったりに前の扉が開き、腰の低い中年男性の広報室長が、隅の演台でマイクに向かう。昔は彼自身もアテナに所属する陸上選手で、記録はさほど伸びなかったが、人柄の温厚さと巧まずして口にするユーモラスな言葉で人気があった。

アテナの社長と陸上部監督に続いて、アテナの赤いユニフォームを着た長栖諒一が入室し、前方にしつらえられた長机に着席した。

——おや。

いつもは幼いと言っていいくらい、自分の感情をはっきり出す諒一が、今日は妙に硬い表情を浮かべている。方喰の存在に気づいたようで、かすかに頭を下げた時だけ、ちらりと目に感情が動いたように見えたが、それだけだった。

「アテナ陸上部の監督をしています、マイケル・カーヴァーです。本日はお集まりいただき、ありがとうございます」

米国から招聘されている陸上部監督が、メモを見ながら流暢《りゅうちょう》な日本語で語り始める。

「本日、発表されました新競技ハイパー・ウラマにつきまして、アテナからもアスリートが一名、参加することをお伝えいたします」

ざわ、と会場の空気が揺らいだ。

――なんだって。

方喰の心拍数が上がる。一名参加というなら、いま目の前に硬い表情で腰かけている、諒一以外にありえないではないか。

そんな、まさか――。

「本人から皆様に意思をお伝えしたいとのことですので、長栖諒一に代わります」

ひとつ頷いた諒一が、カーヴァー監督からマイクを引き継いだ。いつになく厳しい顔つきをしている。

諒一は立ち上がり、きびきびと一礼した。小柄だが、姿勢のいい彼がそうすると、爽快な風が吹くようだ。

「長栖諒一です。これまで、ウルトラマラソンを中心に競技を行ってまいりました。ただいま監督からお話がありましたように、私は本日発表された、ハイパー・ウラマへの参戦をここに表明いたします。ただし、皆様にお伝えしたいことがございます」

メモを見るでもなく、ハキハキと話す諒一からは、ふだんのちょっとだらしなく、甘えん坊の猫のような姿は想像もつかない。

「ハイパー・ウラマの主催者は、アスリートのドーピングを認めると発言されています。ですが、私はここに、通常のスポーツにおいて禁止されている薬物や、ドーピング行為をいっさい使用せず、競技に参加することを宣言いたします」

今度こそ、会場に来ている記者たちがどよめき、いっきに前のめりになった。

「私はアスリートです」

諒一が誇らかに言葉をつむぐ。

「ドーピング禁止は、選手の健康を守るためでもあります。人間の身体は、薬物など使わなくとも充分にたくましくしなやかで、鍛えれば鍛えるほどそれにこたえて強くなります。私はそれを証明するために、ハイパー・ウラマに参戦します。そして」

一瞬の間をおき、深く息を吸い込んだ。

「ドーピングなんかに頼らず、必ず優勝してみせます！」

記者たちが、ハッと驚くのがわかった。

カメラのフラッシュがまぶしいほど焚《た》かれ、記者たちの興奮と熱気が方喰にも伝わってくる。彼らの多くは、長栖諒一というアスリートの存在を、これまでほとんど気に留めてこなかったかもしれない。今日の記者会見だって、アテナの発表だから「お義理」で参加しただけだったかもしれない。

だが、今ここで彼らの網膜には、若き純真なアスリートの雄姿が焼きついたはずだ。

方喰は思わず武者震いをした。

——おいおい、どうして俺がこんなに緊張してるんだ！　しっかりしろよ、諒一があれほど迫力のある宣言をしたっていうのに！

だが、長らく長栖兄妹を追いかけてきた方喰だからこそ、諒一の魅力が記者たちを虜《とりこ》にした瞬間が、はっきりと感じ取れたのだ。

妹の長栖容子と並ぶと双子のようにも見える、小柄であどけない容貌も、諒一の武器になるだろう。

「ただいま本人の口からもお伝えしました通り、長栖諒一はアテナの契約アスリートとして、ハイパー・ウラマに参戦いたします」

アテナの社長、諏訪《すわ》一郎《いちろう》がマイクを握る。六十歳になったばかりの諏訪社長は、就任と同時に強力なイメージ戦略を打ち出し、契約アスリートを増員し、それまで地味なメーカーだったアテナを、いっきにスポーツ界の最前線に押し上げてきた。

本人は細面の穏やかな風貌で、企業家というより学者のように見える。

「参加は長栖本人のたっての希望ですが、私たちは、陸上選手としての彼に、これからも大きな期待を抱いております。ですから、会社としてアテナは、長栖諒一の選手生命を守る使命があります」

諏訪社長の説明は淡々としているが、言葉の端々から、彼の生真面目さや、選手に対する真摯で誠実な態度が伝わってくる。

方喰は、隣の席に座った一般紙の女性記者が、大きく頷くのを横目に見ていた。ぜひとも守ってやってくれ、と言わんばかりだった。諒一は早くも熱烈な援護者をつかまえたようだ。

「日本陸上競技連盟をはじめ、関係団体には、このたびの長栖のハイパー・ウラマ参戦の目的をしっかりと伝え、今後の陸上競技への参加に支障がないことも確認しております。また、長栖の言葉どおり、ドーピングなど行っていないことを証明するため、通常の陸上競技で行われるのと同様の検査を受けます。これは、ハイパー・ウラマ競技の主催者が提供するものではなく、あくまで長栖本人とアテナが自発的に実施するものです」

完全にクリーンな身体で、ドーピングも辞さない選手たちに立ち向かおうというのだ。

方喰は目頭が熱くなった。

――諒一君。大きくなったなあ。

「相手は、開催国での違法行為でなければ、どんなドーピングも許可されるという話ですよね。長栖さん、そんなライバルたちを相手に、勝算はあるのでしょうか」

質疑応答に移ると、夕刊紙のこわもてのスポーツ面担当記者が、さっそく懐疑的な質問を投げかけた。

諏訪社長とカーヴァー監督が微笑み、やんちゃな息子を見守る視線を諒一に送ると、諒一が照れたようにマイクを握った。

「――すみません。本当のところ、僕にもどうなるかはわかりません。だけど、僕は子どものころ、持って生まれた能力を生かすも殺すも鍛錬しだいだと、両親や親族から厳しく言われて育ちました。その言葉に負けないように、自分を鍛えてきたつもりです。だから、僕は自分と、人間の身体を信じたいんです」

はにかむような笑顔に、さすがの記者も心を溶かされたような笑みを浮かべた。

「ありがとうございます。私事で恐縮ですが、私自身も学生時代、ボート競技をやっていました。今朝のハイパー・ウラマの発表からずっと、なぜか気持ちが晴れなかったんですが、長栖さんのお話を伺って、初めてすっきりしたように思います。ぜひ、ドーピングなしで優勝してください」

こっくりと子どものように頷いた諒一が、ハッと顔を輝かせた。

「そうだ！　僕、子どものころ、『猿っぽい』と言われていたんです。あの競技、猿っぽいほうが勝てそうじゃないですか？」

唐突な諒一の発言に、静かな会場からこらえきれなくなったらしいクスクス笑いが漏れ、やがてあたたかな爆笑に変わった。

本人はなぜみんなが笑っているのかと不満そうだったが、隣で諏訪社長たちも笑いをこらえている。笑いすぎて涙を拭きながら、方喰は高揚感を味わっていた。

これは、ひょっとすると、ひょっとするぞ——と口の中で呟きながら。

＊

「諒一とはもう、兄妹の縁を切ります！」

容子の絶縁宣言に、史奈は目を丸くして榊教授とともに宥《なだ》めにかかった。

「怒っちゃだめだよ、容子ちゃん。諒一ちゃんが予想外の動きをするなんて、よくあるんだから」

先ほど、アテナが記者会見を開き、長栖諒一のハイパー・ウラマ参戦を告知したというニュースがＳＮＳを駆け巡っている。

彼女の怒りも無理はない。諒一はそれからずっと、容子の怒りのメッセージに反応しないらしい。未読スルーだと容子がカンカンになっている。

「忍びの一族が、スポーツ選手として脚光を浴びることすら気づまりだったのに！　あんないい加減な、ドーピングでもなんでもＯＫだなんて、スポーツとも言えない競技に参戦するなんて」

「でも、諒一はドーピングしなくても勝てるところを見せると宣言したんだから、問題はないんじゃない？」

　史奈の指摘に、容子は激しく首を横に振った。

「ハイパー・ウラマなんて、まともなアスリートは無視するべきだったの。あれは賭けボクシングなんかと同じで、闇の世界のゲームにとどめておけばいい。参加する人も観客も、スポーツだと思わずに楽しめばいいの。それなのに、ドーピングなしで勝ってみせると諒一が宣言することで、嫌でもみんなが注目してしまうじゃない」

　——なるほど。それもそうか。

　あいかわらず、二歳年上なだけの容子が自分よりはるかに大人びたものの考え方を身に着けていて、洞察力が鋭いことに感じ入る。

　——容子ちゃんが、〈梟〉の長《おさ》になればいいのに。

　そう考えるたび、チクリと胸の奥を刺されるような痛みを覚える。祖母が〈ツキ〉のリーダー格だったからと言って、史奈がその後を継ぐ必要はないのだ。

同じ〈ツキ〉とはいえ、容子のほうがずっと、統率力がある。

「まあ、待ちなさい。諒一君には、ハイパー・ウラマに参戦する理由があるのかもしれない。落ち着いたところに、ゆっくり話を聞くといい」

榊教授が年長者らしく穏やかに声をかけ、容子もしぶしぶ頷いた。

中野《なかの》にある榊教授の自宅兼、個人的な研究室のような戸建て住宅に来ている。大学の研究室は別にあるのだが、四年前の事件以来、大学とこちらを行ったり来たりしながら研究を続けているらしい。

父親の自宅なのだから、史奈にとっても実家――になるのかもしれないが、ここに住んだことがあるわけではないので、その感覚は薄い。

「それよりも、ふたりの調査について話し合おう。史奈が十條君の隠れ家を調べた話は聞いたし、写真も見せてもらったから、まずはそれから話そうか？」

榊教授は、自分のパソコンの画面を、壁面の大型モニターに映した。表示されているのは、史奈が十條の部屋で撮影した写真だ。

「ざっと見たが、書籍は生物学や生物化学の専門書で、ごく一般的なものだ。論文のタイトルを見ると、十條君はこのところ、再生医療に興味を持っていたようだ」

「再生医療？」

「うん。ざっくり言うと、機能障害や機能不全に陥った身体の組織や臓器を、再生することだ。iPS細胞という言葉は聞いたことがあるだろう？　十條君のメモ書きを読むと、彼は傷ついた細胞の修復速度を速めるため、成長ホルモンを利用する研究をしていたようだね」

「傷ついた細胞を修復――」

それはまさに、ドーピングにも利用できそうだ。容子もすぐに頷き、口を開いた。

「ヒト成長ホルモンは、筋肉を増強させる目的で利用されることがあって、ドーピングの禁止物質のリストに上がっています」

「なるほどね。十條君の研究は、ホルモン剤を投与するのではなく、ホルモンを分泌する下垂体の細胞を若返らせて、分泌能力を上げてやろうということなんだ。年齢とともに下垂体の機能も衰えるし、下垂体が機能しにくくなる病気もあるから、医療目的でも研究されている」

十條の研究が治療目的なら、何の問題もない。史奈は今さらながら、調査の難しさに気がついた。どんな目的に使われるかによって、同じ研究が輝かしい功績にもなり、ドーピングというルールの逸脱にもつながるのだ。

「つまり、十條という人が何のためにその研究をしているかを調べなきゃいけないってことね」

「難しいが、そういうことだね」

榊教授も同意した。

十條に真正面から尋ねたところで、本当のことを話すとは思えない。

しかも、気になることもある。

「出水は、エマリスタンに招聘された三人の研究者が、遺伝子操作の専門家だと言っていた。十條の研究内容は、今の話だと少し違う気がするけど――」

内部告発があったという話だったが、告発者が何か勘違いしていたのだろうか。

「下垂体の細胞を培養して、若返った細胞を人体に戻してやるだけなら、たしかに遺伝子操作とは言えないね。だがまあ、素人が見てそのふたつに区別がつくかどうかはわからないな」

榊教授の言葉に頷く。

史奈も十條の部屋に入ったが、あそこに存在した試料や培養中の細胞、専門書や論文のたぐいを見ても、何が行われているのか理解不能だった。

――十條に、口を割らせることができればいいのに。

史奈のぶっそうな考えを読んだわけでもないだろうが、榊教授が口を開く。

「ところで史奈の直感が正しければ――十條君は、〈狗〉と名乗った男たちの仲間だと考えられるのだろう？」

匂いで相手の居場所を正確に特定するやり方が、まさに両者の共通点だった。

「それなら、〈狗〉の男と今も接点があるかどうかを調べたほうがいいかもしれないね。残念なことだが、十條君は、史奈が隠れ家を調査した後、そこに戻っていないようだ」

「戻っていない――？」

「うん。侵入に気づかれたと言っていただろう。大学にいる彼の同期が後で訪ねてみたら、留守だったそうだ。おそらく、もう戻らないつもりだと思う。本当なら、十條君を監視すべきだったが――」

口ごもった教授が言いたかったことは、なんとなく理解できた。

史奈や容子が監視できる距離にまで近づけば、十條には匂いでわかってしまう。

――やっかいな相手。

「ただ、森山疾風と言ったか、彼は〈狗〉の一族がハイパー・ウラマに参戦すると言ったのだろう？」

榊教授の問いに、史奈は頷いた。

「十條君が同じ〈狗〉の一族なら、彼もハイパー・ウラマに関係している可能性が高い。あの競技はドーピングを排除しないと言っているのだから、十條君がドーピングに関与しようと、咎《とが》めるようなことではないね」

――たしかにそうだ。出水の本当の目的は、いったい何なのだろう。

史奈は容子を振り返った。

「容子ちゃん、出水のほうはどうだった？　彼はどうして、私たちに十條の居場所を調べろと言ったんだろう」

「――それなんですが、出水の身元を調査してみました」

容子が表情をあらため、居住まいを正した。

「出水は、祖父が旅順攻囲戦で村雨少尉と一緒に戦ったと言いました。旅順攻囲戦は明治三十七年です。国会図書館に、明治三十六年の陸軍現役将校の名簿がありましたので、出水の祖父の名前がないか、探してみました。出水の祖父が幹部でなかった可能性もありますが、それなら〈梟〉について詳しいはずがない。〈梟〉の能力は、将校クラス、それもひと握りの幹部しか知らなかったはずです」

容子らしい、理路整然とした推理だ。彼女は鞄から、折り畳んだコピー紙を何枚か取り出した。

「こちらが、陸軍将校の名簿のコピーです。参謀本部付の歩兵少佐のページに、出水将《まさ》雄《お》という名前がありました。念のため全ページ確認しましたが、ほかに出水という名前はありませんでしたから、彼が出水の祖父に違いないです」

それで、と言いながら容子は二枚目の紙を広げる。

「次に見たのは、明治四十一年の『日本紳士録』です。ここに、出水将雄の名前が載っています」

小さな文字だったが、出水将雄の名前の下には、「株式会社出水工作機械取締役」という文字と、連絡先らしい四谷《よつや》の住所が印字されている。

「容子ちゃん、すごい」

思わず賛辞を送ると、容子がクールに微笑した。

「まだ驚くのは早いんだ。出水工作機械という会社がどうなったか知りたくて、ネットで検索してみたの。そうしたら、ほら」

三枚目の紙は、企業のウェブサイトに掲載された沿革を印刷したものらしい。左上のロゴを見て、史奈は唸った。

「出水精密機械──」

そこには、創立者の名前として、出水将雄の名があった。今では資本金三十億円ほどの規模の株式会社だ。

「あの出水敏郎という人は、社長なの？」

「いいえ、社長は安永良樹《やすながよしき》という名前だから、別人だと思う。でも、有価証券報告書を見てみたら、大株主の中に出水敏郎という名前があった」

経営は別の誰かに任せて、創業者一族は会社の株を持って影響力を行使しているのだろうか。

「念のためだけど、同姓同名の別人ということはないかな」

「そう言うと思ったから、出水家についても少し調べてみた。出水精機の創立百周年に出版された記念誌を見つけたんだ。出水将雄には、息子がふたりと娘がひとりいた。会社を継いだのは長男で、次男は創立時の役員に名前を連ねていた。もう亡くなったようだけどね。次男の息子が出水敏郎で、この人が今も株主に名前を連ねている人ね。今の安永社長は、長男の娘婿なの」

容子は淡々と資料を並べていく。

「出水家は慶應《けいおう》出身者が多いので、慶應義塾大学の一九六一年前後の卒業アルバムを古書店で探してみた。出水敏郎は一九四二年生まれなので」

驚いたことに、彼女はそれも古書店で探し当て、購入して持参していた。

「医学部の集合写真なんだけど」

容子が開いたページには、白衣を着た青年たちの集合写真があった。白色だったはずの紙はページュに焼け、古色蒼然《こしょくそうぜん》としているが、顔立ちは意外に判別できる。

「これが出水将雄の孫にあたる、出水敏郎」

容子が、細くて強い指先で、トントンと写真をたたく。

――これが。

史奈は若い男の顔を見つめた。今の史奈と変わらない年代のはずだが、男の表情は年不相応に物憂く、どこか狷介《けんかい》な雰囲気すら漂わせている。

「――あの人ね」

史奈が認めると、容子も頷いた。

「私もそう思った。私たちに依頼を持ちかけた、出水敏郎の若いころだよね」

まったく、容子の機転と用意周到さには、舌を巻くほかない。だがおかげで、自分たちに依頼した男が、出水精密機械の関係者だと確認できた。

「出水精密機械って、聞き覚えがある。陸上部か何か、持ってなかった？」

うろ覚えだったが、容子がにっこりした。

「そうなの。過去に、マラソンのオリンピック選手も出してる」

それで、ようやく思い出した。

「わかった、『はばたけＩＺＵＭＩ』！」

マラソン選手の名前が後藤いずみというので、キャッチフレーズはてっきり選手の名前だと思っていて、企業名に引っかけてあるのだと気づかなかった。

容子の調査能力にあらためて感心する。国会図書館で、そこまでの資料が見つかるとは思いもよらなかった。

「出水敏郎氏が、出水精機の陸上部関係者に頼まれるなどしてドーピング問題の調査に乗り出したのなら、何も問題はありません。彼の依頼を受け、十條を調べることに同意すればいいと思います。ただ――」

真剣な表情の容子が言いよどんだ。

「ただ？」

「それなら、出水精密機械の名前をなぜ出さなかったのか。自分は出水精機の陸上関係者だと名乗れば、私たちは何も疑わず、順当な調査依頼だと考えて、引き受けたはずです。どうして彼は、自分の身元を隠したりしたのでしょう」

容子の疑問はもっともだった。出水の依頼には、何か裏があるのかもしれない。

「出水に直接、疑問をぶつけてみる」

史奈は心を決めた。

「向こうが素性を調べられたことを不満に思うようなら、依頼を取り消してくれていい。依頼が出水精機の陸上部から出たものなのか、そうでないのか、言えないならこちらから断る。とにかく、納得のいく理由を話してくれないのなら、引き受けられない」

——桐子ばあちゃんなら、どうしたかな。

史奈が〈ツキ〉として統率する際の、規範になるのはいつも祖母だ。祖母ならどう考えたか。祖母ならどう行動したか。

彼女はもういないが、迷いを覚えたとき、静かに心の底に耳を傾ければ、必ず懐かしい低い声が聞こえてきた。

〈史ちゃん、筋を通すのや。相手が何様でも関係ない。〈梟〉は筋を通さん相手とは仕

事をせん）

もし、そういう相手の仕事を引き受けていたなら、〈梟〉はとっくに滅びていた。

祖母はそう言っていた。

甲賀忍びに人材を供給してきたと言われる、山村に潜む一族だ。一時の激情や、私情のみで動く人間を、〈梟〉は主《あるじ》としなかった。

そういう人間は、世界を正しい方向に導かないからだ。

「史奈の意見に従うよ。――まったく君は、いつの間にかお義母《かあ》さんそっくりになってきたな」

教授が微笑んでいる。祖母をよく知る父親に、祖母に似てきたと言われることは、誇らしかった。

「そうと決まれば、出水に電話して、面会のアポを取ります」

容子がスマホを取り出した。出水は名刺を渡さなかったが、電話番号を連絡先として伝えていた。

「それじゃ私、お母さんの様子を見てくるね」

出水への連絡は、容子に任せておけばいい。史奈は席を離れ、二階に向かった。

この家の二階には、母・希美《のぞみ》の病室がある。四年前まで、病院と研究所を兼ねた施設に入院していたのだが、わけあってそこにはいられなくなり、今は榊教授のもとに戻ったのだ。

「――母さん」

窓を開けて光を入れた室内は、明るかった。眠らない一族の、本来なら〈ツキ〉を継ぐはずだった母だ。

『史奈。学校があるのに、わざわざ来なくていいのよ』

感情を反映しない人工音声だが、穏やかに母は言った。

父とふたり里を下りた後、〈シラカミ〉と呼ばれる一族の奇病にみまわれた母は、まるで全身をギプスで固めたように、指一本自分の意志では動かせない身体になっている。日常生活のすべてを、父やヘルパー、看護師らの世話にならなければ、生きていくことすらおぼつかない。

ただ、目だけはわずかに動かせるので、顔の上に設置された入力板の文字を視線で選び、文章を作ることができる。唯一の、意思疎通の手段だ。

和也が本業の研究の合間に音声読み上げ装置を改良しているらしく、今では希美は、かなり自然な速度とイントネーションで話すことができた。

それどころか、実験器具を使った研究はできないけれど、書物や論文を読み、新たな論文を書いていると教授は言っていた。モニターはふつうにインターネットにも接続していて、メールの読み書きやブラウジングもできるという。眠り姫のようにベッドに横たわりながら、頭の中を高速回転させている母を誇りに思う。

ただ、疲労が激しいので母の論文は遅々として進まない。

「何か困ってることはない？」

気分はどう、と尋ねたことはない。

――いいわけがない。

身動きひとつできない病人にとって、眠れない〈梟〉の性質は、苦痛を増すばかりだろう。まばたきすら満足にできない母は、時おり生理食塩水を目薬のように差さなければ、眼球が乾いてひりひりと痛むようだ。だから、眠らないけれどよく目を閉じているとも聞いている。

『心配ない。ヘルパーさんたちが、よくしてくれるから』

食べ物を飲み下すこともできないので、栄養と水分の補給はすべて、点滴と胃ろうによる。

母にとって、生きていることは苦痛でしかないんじゃないか。この忍耐心には頭が下がるが、時おりそんなことも考えてしまう。

『史ちゃん。何か悩みがあるの？』

突然、そんな言葉をかけられ、ドキリとした。

史奈が子どものときに両親は研究のため里を離れた。四年前に再会するまで、長い間会うこともなかったのに、希美はなぜか、史奈の心の動きが読めるかのようだ。

「——悩んではいない。迷うことは、よくあるけど」

一族の行く末を自分が背負わなければならないと考えることは、史奈にはたまに重荷だった。

『迷うことは悪くない』

母が妙になめらかな人工音声で言った。

『迷わないほうが怖い。あなたの年齢で』

そう言われて、史奈はもうすぐ二十歳という自分の年齢を意識した。

気持ちの上では、四十年以上も生きているような感覚がするのだ。中学に通っているころから、自分は同年代の生徒の間で浮いていた。十代前半の子どもらしいところがなかったからだ。

〈梟〉の子どもたちは、物心つくとすぐ鍛錬を始める。山野を駆け、木に登り、川で泳ぐ。ほとんど光の射《さ》し込まない洞窟内を、かすかな物音と空気の動きだけ察知して歩き回る。

子ども特有の甲高い声で叫んだりすれば、すぐさま祖母の叱咤《しった》が飛んだし、子どもっぽいわがままを言うことも許されなかった。

早く大人になることを要求されたのだ。

「私の選択が一族の行方を決める。そう思うと、自分のやっていることが怖くなる」

目の前に横たわる女性は、本来なら、いま史奈が背負っている役割を、祖母から受け継ぐはずの人だった。〈シラカミ〉化していなければ、その役目を担うにふさわしい人だったのだ。

『では、史奈に足りないものは何？』

希美の問いかけに、史奈は考え込んだ。

――自分に足りないもの。

『何かが足りないから、あなたは一族を率いる自信が持てない。違う？』

畳みかけるような問いだった。

あらためて自信が持てない理由を考えてみれば、常に祖母と比較してしまうからだ。長期間〈ツキ〉の座にあり、衰退しつつある一族を、ぎりぎりのところで守ってきた伝説のリーダーと。

では、祖母と比べて自分が見劣りするのは何だろう。

考えるまでもない。圧倒的に、知恵と経験が足りない。祖母はなんでも知っていた。人生のほとんどを滋賀の山奥で暮らした人間にしては、知りすぎるほど世界のすべてに通じていた。

『おばあ様の時代と、史奈の時代とでは、必要な知識が違う。これから覚えればいい』

母が優しく続けた。

『経験は、これから嫌でもたくさんすることになる。二十歳のあなたと、七十歳になろうとしていたおばあ様を比べてはだめ』

それは、わかっている。頭では理解しているのだが、どうしても祖母の姿がちらつくのだ。折節の支えとなってくれるのも祖母の声だが、目標とするには祖母の存在はあまりにも手の届かない高みにある。

「私は、あんなふうにはなれないと思う。むしろ、容子ちゃんが〈ツキ〉のリーダーになるべきだった」

ぽろりと漏らした弱音が、この数か月、ずっと自分の中でくすぶっていた本心だと、史奈はようやく気がついた。

比較しているのは、祖母だけではない。容子とも比較していたのだ。そして容子もまた、自分とたった二歳しか離れていないのに、はるかに大人びた存在だった。

自分よりずっとしっかりしていて、知識も豊富で、百戦錬磨の大人たちを相手に回して、一歩も引かない度胸と勇気がある。

感嘆するとともに、かすかに容子を妬ましく思う自分がいる。そんな自分を厭《いと》わしく思う自分も。

『史奈。ひとつでいいから、〈梟〉のためにあなたができることを見つけてみて。あなたにしかできないことを』

――自分にしか、できないこと。

それが、残された古文書を解読することだと、史奈は考えていた。だが、そうではないのだろうか。自分にはもっと、一族のためにできることがあるのだろうか。

人工音声が、しばしの間、沈黙した。

『――私たちは、とうの昔に、滅びるはずの一族だった』

母の言葉が、史奈の心の底に落ち着くまで、時間がかかった。

完璧な発音とイントネーションを持つ人工音声の声音は奇妙に朗らかで、言葉の奥に潜む虚無を、かえって際立たせていた。

『史奈が好きなようにするといい。今さら、滅びを怖がる必要はないのだから』

7

「史奈！」

東京駅の丸《まる》の内《うち》中央口改札を出たところで、日焼けした背の高い男性がこちらに腕を振っている。

「篠田さん！」

自然に口元がほころんだ。

もう、何か月会わなかったのだろう。千葉の農家で働きながら農業を勉強することになり、篠田俊夫は東京を離れた。

警備業界で働いていた彼が、どんな心境の変化で農業の道に進むと決めたのかは、わからない。それでも、ますます精悍になり、土とともに生きる人ならではの、周囲の時間がゆったり流れているかのような篠田を見ると、史奈はなぜか嬉しくなった。

初めて会った時は、無表情で口数が少なく、映画『ターミネーター』に登場するロボットのようだと思った。今の彼は、当時とは別人のように柔らかい雰囲気を身にまとっている。

「久しぶり」

篠田は史奈を見つめて、まぶしげに目を細めた。目じりに小さな皺ができた。

「東京に出てきて良かったの？　お仕事は大丈夫？」

史奈は篠田を促して改札を入りながら、尋ねる。こういう時、遥ならきっと、篠田に飛びついて、しがみつくように腕を組んで歩くのだろう。そういう、若い娘らしい行動を、史奈はしたことがない。ちらっと篠田のたくましい腕を見たが、手をつないで歩くだけでも、自分とは遠い世界のことのように感じられた。

「向こうに行ってからずっと、植え付けや収穫の手伝いでほとんど休みを取らなかったんだ。ちょうどブロッコリーとトマトの苗の植え付けが終わったから、少なくとも一週間は休めって、橋田《はしだ》さんが」

橋田というのが、篠田が弟子入りしている農家の主人だ。

きっと篠田は、勉強熱心のあまり、休めと言われても休まずに、農作業を手伝っていたのだろう。

「それじゃ、しばらくこっちにいられるの」

「うん。ハウスのイチゴと、早くに植えたキュウリとか、早生《わせ》のトマトも持ってきた。史奈に食べてもらいたくて」

言われてみれば、篠田は大きなバックパックを背負っている。

「橋田さんが、勉強用に畑を貸してくれたんだ。それで、自分が植えてみたいものを、いろいろと育ててみている。これまで野菜を育てたことなんてなかったから、難しいけど楽しいよ」

篠田は照れくさそうに笑う。

「史奈は子どものころから菜園の世話をしていたんだよな。きっと史奈のほうが詳しいだろうな」

「ううん。私は言われるままにおばあちゃんを手伝っていただけだから。ちゃんと勉強したことはないし」

農作業に夢中になっている篠田の様子が微笑ましい。もっとゆっくり聞きたかったが、そうもしていられない。

「これから人に会うんだったな」

穏やかだった篠田の表情が引き締まる。

少々いかがわしい部分を持つ企業で警備員として働いていたころの、弱みを見せない巌《いわお》のようなたくましさが戻ってくる。

——そういえば、篠田さんはどうして西垣《にしがき》警備保障に勤めていたんだろう。

西垣警備保障は、元やくざや元暴走族の跳ね上がりが何人も雇われていて、一般的な警備会社ならとても引き受けられない危険な仕事を受けていたという。

篠田がどういう理由で西垣に雇われたのかは、まだ聞いたことがない。

「上野《うえの》で会うことになってる。一緒に来なくていいよ。どこかで待っててくれたら」

まさか、という顔を篠田はした。

「性質《たち》の良くない相手なんだろう。君たちが信じられないくらい強いことは知っているが、見た目が強そうなのがひとりくらいいたほうが、相手も少しは慎重になるぞ」

笑ってしまいそうになったが、篠田の好意は素直に受け入れることにした。

——イチゴと野菜を背負って言うセリフじゃないよね。

混雑する山手線《やまのてせん》で、誰が聞いているかわからないのに、複雑な事情を説明することはできなかった。かわりに、篠田が千葉に移住してから、どんな生活をしているのか聞いた。日の出とともに起き、日没のあとは本を読みラジオを聴く暮らしだ。

「なんだか、里にいたころの私たちの生活みたい」

ふと、懐かしさを覚えて呟くと、篠田がにっこり微笑んだ。

「君たちの里を見ているうちに、自給自足に憧れたんだ。不便かもしれないが、慣れたらあれほど自由な暮らしはないと思ってさ」

――自由か。

胸がつまるような感覚とともに、里の生活が懐かしく思い出される。

「俺なんかは単純だけど、橋田さんは農業について面白い考察をしているよ」

日本の農業は、高齢化や後継者不足に悩まされ、重労働のわりに収入が低いケースが多いなど、多くの問題を抱えていると言われる。だが、篠田が弟子入りした橋田家では、作物のブランド化で収益を上げたり、少量多品種を栽培して自然災害による被害を最小限にとどめたりなど、さまざまな手法で農家の収入を増やすことを考えているのだそうだ。

「スマート農業といって、ロボットやＡＩなどを活用することも考えているそうだ。コストが高いから、一軒の農家で取り入れるのじゃなく、近隣の農家を巻き込んでシェアしようと企んでいるらしいけどね」

篠田は生き生きとした表情で語っている。

農業を学び始めて数か月、勉強することも多いだろうが、知識や技術が身につく実感は、楽しいに違いない。目標を手に入れた篠田が、少しうらやましくもある。

上野駅で大勢の乗客とともにホームに吐き出されると、史奈は篠田と並んでゆっくり階段を上がった。天気のいい朝だ。平日だが、東京はどこも混雑している。

駅を出て、東京文化会館のカフェに向かいながら、状況を説明する。出水の依頼、十條の研究、〈狗〉の一族と名乗る人々、ハイパー・ウラマ、諒一の記者会見。

諒一の件を耳にした時だけ、篠田は表情をやわらげた。

「諒一君はまっすぐな性格だから、ドーピング可能な競技だなんて、我慢ならなかったんだろうな」

「容子ちゃんはカンカンになって怒ってる」

その容子はカフェのテラス席にいて、こちらを認めるとすぐ立ち上がり、手を振った。

篠田が同行することは、あらかじめ知らせてあった。

キャッシュオン方式のカフェなので、史奈たちもカウンターでアイスコーヒーを買ってきている。

「出水とはここで待ち合わせてる」

久しぶりに篠田の顔を見ても、挨拶らしい挨拶もなく、用件から始めるのが容子らしい。無駄が嫌いなのだ。

容子と自分が、黒っぽいジャージ素材のパンツに、ブルーグレーと白のトップスの重ね着という、よく似た服装をしていることに、史奈は気づいた。まったく、一族の者は服装の好みまで似ている。

史奈と篠田が席に落ち着くとすぐ、史奈のスマホが鳴った。

榊教授からの連絡だった。SNSの音声通信回線を使うとは、珍しいこともあるものだ。

『まだ出水とは会っていないね』

「これからです」

どこか切迫した響きを教授の声に聞き取り、いぶかしく思う。教授も一族の〈ツキ〉の家系に生まれ、ふだんは冷静沈着な男だった。

『砧の老人と連絡がついた。いま電話がつながっているから、そちらとつなげるよ』

その言葉で史奈は、砧の老人が老人施設に入所していること、〈狗〉の一族について知っているらしいこと、彼なら出水が里に来た時のことも覚えているかもしれないので、教授が連絡をつけようとしていたこと、砧の老人は認知症が悪化していて、頭が明晰《めいせき》な時でなければ会話が成り立たないことを思い出した。

『史ちゃんか？』

砧の声が聞こえてきた。里にいた時と何も変わらない、しっかりした口調だ。懐かしさがあふれる。

「砧のおじいちゃん？」

『ああ、史ちゃんだね。元気そうで安心した』

砧の老人は、若いころ、容姿のいい男だと評判だったそうだ。すっきりとした痩せ型で背が高く、里のものはみんなそうだが、姿勢がいい。その上、役者のような男前だった。里いちばんの剣士だとは、見ただけではわからない。

ちょっと口をすぼめるように、品のいい笑い方をするおじいちゃんだった。

——なんだ。ひとりで暮らせないほど、認知症が悪化していると聞いていたけれど、全然そんなことはないではないか。

『〈狗〉を名乗る一族のこと、あんたのお父さんに聞かれたんだけどもね』

砧はもの柔らかな口調で話した。

「何か知っている？」

『私もよくは知らない。江戸時代にさかのぼって、〈梟〉とは今でいうライバルというのかな。そういう関係だったと聞いているよ』

「特殊な能力で、やはり忍びとして働いていたの」

『噂程度しか知らないが、忍びというより、どちらかというと盗賊まがいの仕事をしていたようだ』

盗賊と言われると、森山疾風らの行動もなんだか腑《ふ》に落ちる。

「彼らの本拠地とか、なんでもいいから何か知らないかな」

『そうさな。本拠地は山陰地方のはずだ。だが、仕事があればどこにでも行く。いわゆる出稼ぎのようなものだね』

「〈狗〉の誰かと会ったことは？」

『ないなあ』

どうやら、砧の老人にとって、〈狗〉は伝説の域を出ないようだ。

『それより、出水という男が、〈梟〉に何か頼み事をしてきたらしいね』

「そう。むかし里に来て、ばあちゃんにも会ったと言うのだけど」

『それは真っ赤な嘘だ』

砧が言下に否定した。その言葉に、史奈はさほど驚かなかった。

『里に無断で侵入したから、〈ツキ〉の指示で私がたたき出した。それを会ったと表現するとは、よほどの厚顔だね』

「いつの話？」

『もう四十年ばかり昔の話だ。まだ桐子さんは〈ツキ〉ではなくて、そのお父さんが健在だったころだから』

「四十年も前？」

　それなら、史奈や容子はまだ生まれていない。まるで子どものころを知っているかのような出水の発言は、でたらめだったのか。

　会ったこともない曽祖父の話が出て、史奈は耳をそばだてる。

「出水は何をしに来たの？」

『その時も、〈梟〉に頼みがあると言ってきた。当時はバブル景気の最中でね。地上げや投機で巨額の利益を得ようと、いろんな連中があくどい儲け話に群がっていたものだ。出水の頼みも、そういう汚れた金銭がからむものだったよ』

　それなら、〈ツキ〉が出水を里からたたき出したというのも頷ける。〈梟〉の力は、世の中を良くするために使うものだ。だから、そういう主を一族は求めてきた。

「――では、今回も」

『そもそも、出水の祖父は、明治のころ帝国陸軍にいた一族の者を、虐《いじ》め抜いたというわくつきの将校だ。わざと危険な場所へ、危険な場所へと送り込んでね』

「一族の者って、村雨のこと？」

『そうだよ、史ちゃんも知っていたかね。詳しい事情は私も知らないんだが、〈梟〉の性質にうすうす気づいていて、「化け物」呼ばわりしていたようだ』

　――化け物か。

史奈は、背中に冷たいものが走る気がした。

ただ、眠らないだけなのに。普通のひとと違うところなんて、ほんのわずかなのに。一族の者は、もう千年以上も、周囲の村との深いつきあいを避け、外部の者が里に入ることも、極端に恐れてきた。それもこれもすべて、「化け物」と蔑まれる不安を抱いていたからだ。

『あれから四十年。あの男が、いい方向に変化していればいいが。そんなつまらない嘘で自分をごまかしているようでは、そうは思えないな』

砧の読みは、正しいだろう。自分が出水に感じたいかがわしさは、虚偽に満ちた出水の言葉に原因があったのだ。

「ありがとう、砧のおじいちゃん。助かる」

役に立てて良かったよ、と砧は笑った。

『ところで、桐子さんはお元気かな。お互い里に戻れる日まで、元気でいないとね』

明るい声で笑う砧に、史奈は返す言葉を見つけられなかった。

明晰な口調で話していたのに、その言葉をきっかけに、砧の脳にはゆっくりと靄《もや》がかかり始めたようだ。

もちろん、祖母が亡くなったことは、聞かされているはずだ。だが、今の砧の脳は、その現実を受け入れられない。

いや、現実を受け入れられないのは、脳ではなく心かもしれない。砧が認知症になったのも、もはや二度と里に戻ることができない現実を、受け入れられないからかもしれない。

里を下りて四年になるのに、砧の口からは畑に植えたキュウリやナスを案じる言葉が漏れ、日照りがどうの、気温が高いのと、まるでこの四年が消失したかのように嘆き続けている。

『砧さん、ありがとう。あとはこちらで対処するから』

榊教授が言葉を挟み、返事に窮している史奈を救ってくれた。

それ以上、砧や榊教授との会話を続けることはできなかった。

やあ、と手を挙げながら、出水がテラス席に出てくるのが見えたからだ。史奈はそっと通話を切って席を立った。

明るい場所で見ると、出水は前よりずっと老けて見えた。太陽の残酷な光は、皮膚の細かい皺やシミをはっきりと目立たせている。

「――そちらは？」

出水は、初めて見る篠田に目をすがめた。

友達です、と史奈は言いかけたが、いつの間にかサングラスをかけた篠田が重々しく「警護の者です。お気になさらず」と短く告げた。

篠田は史奈の椅子を引いて座らせ、自分は背後に控えた。

「もう一度会ってもらえたということは、引き受けてくださるのでしょうな」

飲み物も注文せず席につくと、やや性急に出水は問いかけた。史奈の出番だ。まっすぐ出水の目を見て、背筋を伸ばす。

「その前に、いくつか教えていただきたいことがあります」

出水は鼻白んだように口を閉じた。

「出水さんは、出水精密機械の関係者でいらっしゃいますね。ご依頼は、出水精機の陸上部からの要請でしょうか」

出水精密機械の名前が出た瞬間、出水の顔には赤みが差し、眉間に皺が走った。

「──君たちは、十條ではなく、依頼人の私を調べたのか」

「その必要がありました。十條がエマリスタンでドーピングに関わっていたとしても、日本に戻った彼を、理由もなく調べることはできません。なぜあなたが十條の調査を依頼されたのか、理由を知りたいと思いました」

「──話にならんな」

出水は白いカフェの椅子を蹴るように立ち上がった。

「〈梟〉は、礼儀知らずだ」

「他人にものを依頼するのに本当の目的を隠すことが、礼儀にかなっているとお思いですか」

　怒りを溜《た》めた赤い目で、出水はじろりとこちらを睨んだ。その唇が、ゆっくり嗜虐《しぎやく》的な笑みの形に広がった。

「大人を愚弄するな――と言いたいが、化け物相手に礼儀を説いてもしかたがないか」

　史奈は口を閉じた。

　この男は、自分らを怒らせようとしているのだ。強い感情は、判断を誤らせる。

　出水がさらにもったいぶって顎を上げた。

「本当に実力があるのなら、一族の者を雇ってやろうと思っていたが。それも白紙に戻すとしよう。後で詫《わ》びを入れても知らんぞ」

　冷ややかに沈黙を守る史奈をなんと見たのか、出水はつまらんとでも言いたげに鼻を鳴らし、踵《きびす》を返して立ち去った。

「――史奈、よく我慢したな」

　温かい手が、おずおずと肩に置かれた。

　篠田の手だ。

　妙に遠慮がちなのは、出会うまで彼自身も〈梟〉は怪物だと吹き込まれ、偏見を持っていたからだ。うかつにそれを史奈に漏らし、怒りを買ったことがあった。

「あの男は、〈梟〉に害意がある。十條の調査も、私たちを陥れるために依頼したのかもしれないし」

史奈の言葉に容子も頷いた。

「そうね。とにかく、断って正解だった。私、行かなきゃ」

「気をつけてね」

容子が、ふっとかすかに笑い、出水が立ち去ったほうに歩いていく。何も言わなかったが、彼女は出水を尾行するつもりなのだ。敵に回りそうな相手の正体や居場所を突き止め、何かあった時のために記憶に留めておく。

〈梟〉なら、そうする。

──化け物か。

ふと、史奈は心のざわつきを覚えた。

〈梟〉と「ふつう」の人の違いなんて、眠るか眠らないか、それだけだ。ただそれだけでも、人間は自分たちとの違いをことさらに強調する。怪物だの、化け物だのと言いたがる。

人間とは、そういうものなのか。

でも、「誰かとまったく同じ」人間なんていない。人種、国籍、肌の色、目の色、言語、宗教、身長に体重、容姿、靴のサイズ、年齢、性別、好きな食べもの、嫌いな食べもの、運動能力の高さ低さ、じっくり見ていけばひとりとして同じ人間なんかいない。

それでいい。

「みんな」なんてどこにもいない。「ふつう」なんて概念もどうでもいい。

みんなそれぞれ「自分」でいい。同じでなくて当たり前だ。

いつか、そんなふうに〈梟〉も、自分たちの特性を明らかにできる日が来ればいい。眠らないのは個性だと言えればいいのに。

篠田は今も、自分を案じてそばにいてくれる。彼は我慢強い。それに、自分を鍛え、未来を切り開くための努力を怠らない。彼といると、まるで一族の者と一緒にいるように錯覚する。

「――篠田さん。今から父の家に報告に行きますが、一緒に来ますか？」

篠田が、なぜだかほんのわずか、たじろぐのがわかった。

「――そうだな。イチゴと野菜を持ってきていて良かった。史奈のご両親にちゃんとご挨拶するのは初めてだ」

妙に緊張している彼を見て、史奈は小さく笑いを漏らした。彼の態度は、まるで史奈との結婚の許可を得るために両親に会いに行くようだ。

――それとも、いつかそんな日が来るのだろうか、自分にも。

まだ、まったく実感がない。

篠田は大きなバックパックをかついだ。

「どうした?」

じっと見つめている史奈に気づき、決まり悪そうに尋ねる。

「——べつに」

「あのな、史奈。俺は思うんだ。史奈の年齢なら、化粧や可愛《かわい》い服、雑貨とか、アイドルグループにうつつを抜かしていてもおかしくない。でも史奈は、たった二十歳そこそこで一族を背負って、戦おうとしている。俺には史奈のような戦いはできないが、自分にできる形で史奈の手助けをしたいと思っている。たとえば、田畑を耕して作物を育て、新しい〈梟〉の里をつくるとか。いつ、史奈が里に戻りたくなってもいいように」

——新しい、〈梟〉の里。

農業を学びたいと篠田が言いだした時には驚いたが、そんなことを考えていたのか。

篠田の言葉は、思いのほか史奈の柔らかい心に刺さった。そして悟った。

自分は、たしかに里に帰りたかったのだ。

限界集落と言われても、里には祖母がいて、乾や砧ら一族の者たちがいて、互いに心を通じ、万が一の場合には自分の命を懸けてでも、里のため、一族のために働くことはわかっていた。乾はそのために実際、命を落とした。

仲間うちにしかわからない、強固な関係。

それに、自給自足で成り立つ、ささやかだが健康的で充実した暮らし。

そういうものが、何もかも懐かしかった。

「史奈。何が欲しいか言ってくれ。俺はまだ無力だが、おまえの望みをかなえられる男になりたい」

「そんなことを言われたのは、初めてだ」

──わたしの望みは何だろう。

自分のやりたいこと、欲しいもの。それは「我欲」だ。これまでずっと、そういう欲望を持たないことが正しいと躾《しつ》けられて生きてきた。史奈はいずれ榊の〈ツキ〉の後継者となるから。一族のためにすべてを捧げて働く日が来るから。だから、「個」の望みは問題にもされなかった。それが祖母の方針だったし、史奈も否やはなかったのだ。

「──篠田さん。私はまだ、自分が何をしたいのかわからない。何が欲しいのかすら、理解していない。だから、まだ何も答えられない。ごめんなさい」

「何、いいさ。ゆっくり考えてくれればいい。俺は、史奈より何年も長く生きてきた。その分、少しは気が長いし、人生はきれいに割り切れるものでもないと、一応は理解しているつもりだから」

行こう、と言いながら篠田が背中を押してくれる。温かい、大きな手で。

──できるなら、自分のそばにいてほしい。

ひょっとすると、篠田に頼みたいことは、そんな単純なことなのかもしれないと、ふと思った。

8

――あんな小娘どもに、舐《な》められるとは。

東京文化会館を離れた出水は、タクシーをつかまえて駒込《こまごめ》の自宅に戻りながら、静かに怒りを溜めていた。

怒ると、目のふちが充血して赤くなる性質だ。タクシーの運転手が、バックミラーでこちらを見て、いぶかしく感じているようだった。

出水敏郎が、初めて〈梟〉について聞いたのは、祖父の将雄からだ。

（部隊に村雨いう妙な男がおってな）

関西出身の祖父は、出水精機の社長におさまり東京暮らしが長くなってからも、家族と話すときには時おり関西訛《なま》りが出た。

（人には隠しとったが、まったく眠らんのや。最初は、部隊のために寝る間も惜しんで働く立派な奴だと思ったが、あいつはどこか気味が悪かった。みんなが行軍に疲れはてて眠っていても、あいつひとり涼しい顔をして、闇の中で目を光らせとった）

祖父は、まだ小さかった敏郎を膝に乗せ、暖炉のそばで暖まりながら、日露戦争の体験を話して聞かせるのが楽しみだったらしい。

祖父には息子がふたりいた。長男の彰幸《あきゆき》が会社を継ぎ、次男の敏彦《としひこ》も出水精機で働いていたが、太平洋戦争で出征して、サイパンで玉砕したのだった。敏郎が二歳の時だ。

祖父は、ものごころつく前に父親を亡くした孫の敏郎を不憫《ふびん》がり、何かというと敏郎を可愛がって、ずいぶん良くしてくれたものだ。

そんな中で、村雨の話はひょっこりと出てきた。

(ぜんぜん眠らないの?)

眠るのが大好きな子どもだった敏郎には、それは人生のもっとも甘美な部分を捨てるような、気の毒な話にも思われた。

(そうや。こっちは人間や。どれだけ頑張っても、どうしようもない、いつかは寝てしまう。ところがあいつ、まるで寝てしまうわしらを蔑むみたいに、いつも冷たい目をして淡々と見張りにつく)

最初は、便利な奴だと割り切りもした、と祖父は言った。村雨が睡眠を必要としないなら、こんなに心強い見張りはいない。

(だが、あいつは本当にわしらの味方なんやろうか。そう疑いたくなるくらい、村雨は部隊になじまなくてな)

村雨という男は少尉だった。ふつう、少尉が夜間の見張りに立つことはない。だが、村雨は好んでその役目に立ち、一睡もしていない翌日も、涼しい顔で職務に就く。また村雨は、死者に冷たかった。敵の砲撃に倒れた兵士のむくろを、まるで汚いゴミのように無造作に扱った。眠らないという体質に加え、その冷淡な態度は「村雨は人間ではない」という評判を生んだ。

祖父も村雨をうとましく思い、作戦参謀のひとりだったのをいいことに、つぎつぎ危険な戦場に彼を追いやった。村雨は偵察将校として、斥候部隊を率いていたのだ。

(それがまあ、村雨のやつ、必ず生きて戻るのやからな)

とびきりすぐれた士官なのだ。子どものころ敏郎は、なぜ祖父がそんなに村雨という士官を毛嫌いしたのか、理解できなかった。その感覚を理解したのは、ずっと大人になってからのことだ。

(あいつは、化け物なんや)

ぶるっと祖父は身体を震わせた。

(わしらとは全然ちがう。血の通うた人間やないんや。だからあんなに、人間離れした戦い方もできたのや)

祖父は戦場での村雨について、それ以上詳しく語らなかった。だが、暖炉のあかあかとした炎に向けられる祖父の目は、おそらく五十年も昔の、村雨という特異な男の異様な戦法を見ていたのだろう。

（――滋賀の山奥に、村雨と同じ血を持つ一族がおるらしい）

いつか祖父はそうも語った。

（そいつらは、戦国時代からずっと、忍びの一族として名を馳《は》せておる。江戸時代には、将軍家をはじめ、各地の大名家にも人材を送り込んでいたそうだ。そんなことを知っているのは、華族様に近いところにいる、陸軍でもひと握りの存在だったがな）

彼らの村は、〈梟〉の里と呼ばれている。

日露戦争終結後、祖父はひそかに人をやり、〈梟〉を監視していたようだ。彼が何を恐れていたのかわからない。恐れるというより、おびえていたと言ったほうが正確かもしれない。祖父が二〇三高地でともに戦った村雨という士官には、心根のどこかにそういう異様な部分があったのだ。

だが、祖父が嫌っていた村雨は、重い病気にかかり身動きすらままならぬ状態となって村に戻り、一族のほかの者たちも、里で農業を営んで穏やかに暮らしているだけだった。何年も監視を続け、その様子を知り、ようやく多少は祖父も安堵したかもしれない。

祖父が亡くなるとともに〈梟〉を監視する者もいなくなり、敏郎自身もすっかりその話を忘れていたのだ。

「ここでいい。ありがとう」

自宅マンションの前でタクシーを降り、暗証番号を入力してエントランスをくぐる。

異能といい、異形という。

祖父の話を信じるなら、〈梟〉はまさしく「異」の一族だ。自分と同じ人間とは思えない。

ぼんやり物思いにふけりながら三階でエレベーターを降り、なにげなく自宅の玄関を開けて、ギョッとした。

居間の窓から射し込む光を背景に、痩せた男のシルエットが立っている。

誰もいないはずの室内に。

「よう、どうやった？」

だらしない笑みを浮かべ、男が問いかけた。

「——待て。どうしておまえがここにいる。どうやって入ったんだ」

冷や汗をかいて尋ねる。マンション内部に入るためには、エントランスで暗証番号を入力しなければならない。その番号は、毎月変更されて管理会社から通知される。さらに部屋に入ろうと思えば、鍵が必要だ。敏郎は玄関の鍵を郵便受けの内側に貼っておくほど間抜けではない。

男がまた、頬肉が溶けるんじゃないかと思えるような、笑みを浮かべた。

「そいつはまあ、蛇の道はへビってことで。それよりも、あいつら断ってきたかい」

敏郎は憮然《ぶぜん》とした。言葉よりも、表情のほうが雄弁だったろう。男が小さく吹き出し、

「まあそうだろうな」と続けた。

「あの女の子たちを甘く見ないほうがいい。一般的な二十歳やそこらの女子とは、肝の据わりかたが違う」

「それなら、どうして奴らに連絡するよう、わしに勧めた？」

「そりゃもちろん、あいつらに十條と接触させるためだ。なにしろ十條は榊教授の教え子だからな。あの子らが俺たちよりも楽に十條を見つけるのは間違いないさ」

男の言い分は、ずいぶん手前勝手だった。自分が楽をするために、敏郎をあの危険な一族と接触させたわけだ。

「女を尾行したのか？」

「いや。あいつら、妙に勘がいいもんで。尾行は確実に気づかれる」

「まさか、十條の居場所を突き止められなかったのか？」

顔をしかめた敏郎に、男は朗らかに笑った。

「馬鹿言うな、見つけたよ。〈梟〉の女が接触すれば、十條は隠れ家を飛び出して、昔の知り合いに助けを求めると考えたわけ。だから、心当たりを何か所か監視していたんだ。これが大あたりだった」

男がにやりとすると、鋭く長い犬歯が彼の唇から覗いた。

「十條という男、おまえたちの仲間なんだろう？」

男の目が冷ややかになった。ひやりとして、敏郎は口を閉じた。なるほど、仲間だったからこそ裏切りが許せないのか。信じていた人間に裏切られるほど、辛いことはない。冷淡な態度を見せたことを後悔したのか、男が表情をやわらげた。

「そんなことはどうでもいい。俺はハイパー・ウラマ参戦の前に、十條を捕まえたい。あんたは十條の研究を利用したい。とにかく、十條を見つけること。せやろ？」

その言葉は否定しない。

「――ハイパー・ウラマに勝つ自信はあるのかね」

敏郎はまだ、半信半疑だった。〈梟〉の一族の、常人離れした能力は、子どものころから祖父に聞かされてきた。だがそういう傑出した力を持つ一族が、他にもいるとは。

「勝つやろ」

こともなげに男が言い放つ。

「俺たちの村は、とにかく貧しくてな。子どものころから、生きるために身体を鍛え、技を磨いてきた。何のためだ？　もちろん、大人になって、稼げる身体を作るためだ。身体が資本や」

「競技に出るのは金のためか」

「もちろん」

主催者は、ハイパー・ウラマの各国での優勝者に、高額の賞金を約束している。賞金めあてのアスリートや元アスリートも、大勢参加するはずだ。まっとうな連中ばかりではない。社会からドロップアウトした、暴力組織の人間だって参加するかもしれない。彼らが、きちんとルールに沿って競技を行うとは限らない。競技は荒れるだろう。

だが、荒れれば荒れるほど、面白い。プロレスに悪役が必要なように、ハイパー・ウラマにもドラマチックな悪党が必要だ。それは観客を呼び、巨額の金を集めてくれる。そして、その巨額の金が、さらに多くの卓越した技量を持つ競技者を集める――。

実にうまくできた集金システムなのだ。しかも、日本の競技では、目の前にいる男の一族が参戦するため、ひそかに予定されるハイパー・ウラマ賭博の結果も、目に見えているのだという。立ち上がったばかりの競技だが、どこまで巨額の金が動くか、出水にも見当すらつかない。

――あとは、十條さえ手に入れば。

ハイパー・ウラマの幹部たちは、目玉となるドーピング技術を欲しがっている。遺伝子ドーピング技術が現実に存在し、競技で実際に使われるとなれば、話題になることは間違いない。十條はハイパー・ウラマへの協力を断り、逃げ回っているが、居場所が判明したのだから、もう逃げ場はない。

だが、出水が十條の研究を追っているのは、競技だけが理由ではない。

「あんたは、どうして十條の研究をそんなに欲しがるんだ？」

男が尋ねたのは、単なる好奇心のようだった。その証拠に、敏郎が黙っていると、軽く肩をすくめてもう興味を失った様子で、するりと敏郎の横をすり抜け、玄関に降りて靴を履いた。

「じゃあな。このまえ頼まれたもの、居間のテーブルに置いといた。こいつは契約外の仕事だが、代金はいらん。面白かったからな」

何か言う暇もなかった。

男は振り向きもせず、出て行った。扉が開いて閉まるわずかな間に、疾風が吹いたような立ち去り方だった。

――奴らも、礼儀を知らん。

そこでようやく敏郎は、男の名前を思い出し、小さく嘆息した。

「――森山疾風だったな」

彼らは、〈狗〉の一族と名乗っている。〈梟〉と接触した経験のある敏郎は、悪い冗談だと思ったが、森山は大真面目だった。あまり関わり合いになりたくない手合いだ。

森山が消えると、家の中が急にしんと静まり返る。妻は息子たちが独立すると、離婚して出て行った。息子ふたりは、気難しい父親の家にはほとんど寄り付かない。

――なぜ、十條の研究が必要かだと。

愚問だ。森山は、十條の研究が人間にもたらす光明に気づいていないのだろうか。

幼いころに父親を戦争で亡くした敏郎の生活は、たとえ出水精機の創業者一族という立場でも、順風満帆とはいかなかった。祖父と伯父は野球に夢中になっている敏郎をこまやかに気遣ってくれたし、生活に困らないよう、出水精機の株式を遺産として残してくれた。

だが、従兄弟《いとこ》たちは話が別だ。大学を出て出水精機に入社すると、敏郎が配属されたのは、出世の本流から外れた地方の工場だった。新設された工場の管理を任せると言われたが、体よく追い払われた気分がした。裏で、秘書課にいた従兄の意思が働いたと聞いている。

お情けで一族の会社に残る気はなかった。能力に自負心もあったし、正直、敏郎が本当にやりたい仕事は出水精機にはなかった。

敏郎は、野球を続けたかったのだ。

当時、ON砲と呼ばれた長嶋茂雄《ながしましげお》と王貞治《おうさだはる》のジャイアンツコンビが球界を席巻《せっけん》しており、彼らより数年遅れて生まれた敏郎は、できることなら自分も――と夢を見ていた。

高校ではチームに恵まれなかったが、大学野球では強打者として活躍し、早慶戦にも出た。プロから声がかからなかったのは、出水精機の創業者一族だということが知れ渡っていたせいで、スカウトが遠慮したからだとも聞いている。

出水精機には陸上部とテニス部はあったが、野球部がなかった。野球部の創設を進言すると、従兄弟からは「おもちゃ」を与えればおとなしくなると思われたのか、あっさり野球部ができた。

だが、そこに集まったのは、出水精機の社員で、野球が人一倍好きなだけの凡庸な選手たちだった。敏郎ひとりの能力が高くても、チームプレーの競技では無駄なのだ。せめて、あと何人か優れた選手を集めることができれば勝てるのにと思ったが、新設の野球部ではそれも難しい。

アスリートがプロとして競技できる時間は短い。当時は今よりもっと、短かった。何年もかけて野球部を育てる時間は、敏郎には残されていなかった。

敏郎は五年ほど出水精機に勤務し、辞めた。辞めた後に、野球部も廃部になったと聞いた。

それからは、もう会社勤めは嫌になり、外車販売の小さな会社を自分で立ち上げて、高度経済成長と当時の日本人の外国へのあこがれをうまく利用して、それなりに事業はうまくいった。

だが。

――あの時、十條の研究があれば。

経理室でソロバンを弾くうちにすっかりなまったピッチャーの体力を、取り戻すことができたかもしれないし、打撃の勘がいいのに致命的に足が遅い外野手が、走れるようになったかもしれない。敏郎は夢を諦めなくても良かったかもしれない。

自分にとってはもう手遅れだが、十條の研究を福音とみなす人は多いに違いない。彼らは、その恩恵に預かるためなら、いくら金を積んでもかまわないと思うだろう。

そんな研究を、見逃す手はない。

斯界《しかい》のトップレベルを目指すことができる能力が、手に入る。

誰もかれもが欲しがる能力だろうが、誰もかれもが手に入れる必要はない。適切な人々が、適切な時期に手に入れればいい。

たったひと握りでいいのだ。世界を動かす人間は。

出水は微笑んだ。

居間に入ると、大理石のテーブルに、薄いファイルが置かれていた。これだけか、と拍子抜けしたが、中を開いて安堵する。

〔「梟の里」人名録〕

中身は、明治の終わりまでさかのぼり、滋賀にある〈梟〉の里の住民名簿と、その行方を追ったものだ。明治時代末期には、二百人あまりの〈梟〉が生存していた。だが、生活の苦しさからか住人たちは里を下り、平成に入るころにはもう、五十人を切っていたとされる。

森山ファイルには、住民票などから調査できた〈梟〉の末裔《まつえい》たちの居場所が、いくらか記入されていた。もちろん、行方不明者も大勢いるし、記入された住所がどこまで正確かもわからない。

念のため、先ほど面会した榊の孫娘と、長栖の娘の住所を探した。たしかにある。長栖の息子のほうは、アスリートとして広報活動も行っているから、居場所を突き止めるのはたやすい。

――これで〈梟〉を一掃できる。

安堵した。

祖父が〈梟〉の里の監視を解いたのは、誤りだった。眠らないのは変わった能力だが、言ってみればただそれだけだ。村雨は病死し、残された人々も順に年老いて、あとは自然に消滅するのを待つばかりだ。そう見極め、監視など無用と考えていたのだ。

それが、間違いだった。

敏郎はポケットからスマホを出し、電話をかけ始めた。

いま再び、〈梟〉が自分たちの邪魔をしようとしている。祖父が〈梟〉の存在を懸念したのは正しかった。人間が持ってはいけない力を、〈梟〉は使っている。

そしてその力を、彼ら自身も知らぬうちに、敏郎たちに歯向かうために使おうとしている。

「――ああ、出水だが。奥殿《おくどの》君は在宅だろうか。例のものが手に入ったと伝えたい」

電話の向こうで、奥殿の秘書が語る言葉に耳を傾け、敏郎は満足げに頷いた。

「わかった、これから持参しよう。――十條か？　あの男も、もうじき手に入るよ」

ファイルをそのまま鞄に入れようとして、気がついた。奥殿に渡す前に、コピーを取ったほうがいい。他人に見られたくないので、書斎の複合機で充分だ。急ぎ足で、書斎に向かった。

9

駒込の低層高級マンションに出水が入るのを確認し、容子は侵入経路を探していた。エントランスで暗証番号を入力するタイプのマンションだ。しかも、ちらっと見えたところでは、ロビーに受付が常駐しているらしい。住民が入る際に、後ろについて入り込む手もあるが、受付に見咎められると厄介だ。

考えるうち、スマートウォッチが震えて、着信を知らせた。珍しく、諒一からのメッセージだ。

『なあ、今晩ちょっと時間ある？　史奈と一緒に』

容子は眉をひそめた。あれだけ何度もこちらから送ったメッセージには無反応だったくせに、いきなりこれか。

自分が怒っていることにまだ気づいていないのだろうか。ハイパー・ウラマなどという、うさんくさい競技に参加することで、アスリートとしての将来を危うくする恐れもあるし、だいいち一族の名に傷がつく可能性だってあるのだ。

無視しようかと思ったが、スマホでひとことだけ「ない」と返信した。返事がないと、しつこく連絡してくるのは間違いない。

『そんなこと言わずにさあ。大事な相談があるんだ。史奈にも声をかけて、アテナ本社に来てくれよ』

——アテナ本社に?

その言葉に首をかしげる。

諒一が契約を結んだスポーツ用品メーカーのアテナは、陸上競技界の雄で、アスリートの憧れでもある。容子も卒業後の進路として期待しないわけではないが、大学四年になってもまだスカウトの声がかからないので、ほぼ諦めかけていた。心が揺れる。

——なんの話だか知らないけど。

人たらしの諒一は、どんな言葉で誘えば妹が興味を持つか、本能的に知っているというわけだ。

午後六時にアテナ本社ビルの前で会う約束をし、通信を終える。なんとなく、負けた気分がする。

気を取り直して、出水が入っていったマンションだ。

ベランダを伝えば、容子の能力なら屋上まで楽に上がることはできるが、防犯カメラがしっかり設置されている。栗谷和也が透明化スーツを開発しているらしいから、取りに戻る手もあるが、時間が惜しい。

カメラの死角を探すうち、マンションのエントランスから出てきた男の姿に驚いた。

――あれは、〈狗〉の森山じゃないか。

容子は狭い道路の向かいにあるコインパーキングで、ライトバンの陰に姿を隠していたが、森山はすぐ気がついたようだ。大きな口を開いて、にたりと嫌な感じで笑った。

「出てこいよ、お嬢ちゃん。こんなところで会えるとは奇遇や。俺たち、縁があるみたいやな」

視線がきちんと、こちらが隠れている場所に向いている。

「悪縁でしょ」

しかたなく容子は姿を見せた。

「へへっ、口が悪いのも嫌いじゃないよ」

嗅覚が優れているというが、史奈と容子を嗅ぎ分けることもできるのだろうか。個人差まで判別可能とあれば、本当に犬のようだ。

「どうしてここにいるの。まさか、あなた――」

森山がのんびりした表情で道路を渡り、近づいてくる。と思うと、ふいに素早い動きで間合いを詰め、右手をこちらに伸ばしてきたので、容子はとっさに後方に飛びのいた。

「何する――」

「しっ。そのまま車の後ろに隠れてろ」

そう言いながら、森山自身も容子のそばにしゃがみこむ。この男は、しゃがむ姿勢も、猫背でだらしなく股を開いて片膝を地面につけ、カエルのように両手を足の間についている。万事にやることがみっともない。こんな男と縁があるだなんて、とんでもない。

森山のジャケットの背中が、容子の目の前にあった。それで、いい手を思いついた。

「ほら、もう出てきた」

ライトバンのサイドミラーに、マンションのエントランスから出てくる出水が映った。さっきと同じ服装で、あらかじめタクシーを呼んでおいたらしく、ほどなく路地に入ってきた車に乗り込み、走り去った。

「あいつに見つかると、話がこじれそうだからな」

身体が近いのをいいことに、馴れ馴れしく肩を抱こうとしてきた森山の手を、小気味いい音を立てて払いのけ、容子は立ち上がった。

「聞いたことに、まだ答えてない。あなた、出水と知り合いなの」

「まあな」

森山はあっさり応じ、にやにやしながら鼻をうごめかせた。

「もうひとりより、あんたのほうが甘くて大人っぽい匂いがするな。ひとことで言うなら、うまそうだ」

殴りたい衝動にかられたが、涼しい顔を保ちつつ、とりあえず離れる。こんな卑しい男のそばにいたくない。

「出水に何か依頼された？」

〈梟〉に拒絶され、依頼先を〈狗〉に変更したのだろうか。

「答えられんね。答える義務もないし」

この男から聞き出すつもりなら、力ずくでなければ無理だろう。

「わかった。出水の自宅に招かれるなんて、よほど仲がいいわけだ」

「誰が招かれたなんて言った？」

森山が牙をむいて笑う。なるほど、無理に押しかけたのか。だがこれで、出水はこのマンションに住んでいるらしいとわかった。

「――あんた、策士やな」

森山も、自分が引っかけられたことにすぐ気づき、憮然として顎を掻《か》いた。

「まあええわ。俺はもう行くけど、デートしたくなったらいつでも連絡してな。――おお、あんたの残り香は強いな」

誰が、と容子が怒るより早く、軽い身のこなしを見せて森山がステップバックし、そのまま走り去った。

尾行する必要はない。

容子は微笑んだ。ポケットから手を出すと、先ほど森山のジャケットに貼り付けた小型の発信機と同じものが、あと三つ入っている。栗谷和也が、何かあれば使ってみてと言って預けた試作品だ。彼は〈カクレ〉であることを引け目に思っているらしいが、天才的な技術屋だ。自分で新しいものを作りだすわけではないらしいが、すでにある製品を改良して、〈梟〉に必要なテクノロジーを編み出してしまう。得難い人材だった。

森山は〈梟〉の匂いを嗅ぎ分けるらしいから、尾行すれば間違いなく気づかれる。試作品がどこまで使えるかわからないが、持っていて良かった。

――それよりも。

出水のマンションに侵入し、調査しておきたかった。あの男、何かとんでもないことを企んでいるような気がするのだ。

じっと見ていると、廃棄物の収集車が角を回ってきて、マンションの裏手に入り、五分とかからず出てきて走り去った。

――なるほど、ゴミ捨て場か。

マンション内にゴミ集積所があるはずだ。そこからなら、侵入しやすいかもしれない。

ゴミ収集車が入っていったスロープに、容子は自然な態度を装って歩いていった。

＊

「出水は〈梟〉に反感を抱いていたんだな」

榊教授がソファに身体を沈め、長い吐息を漏らした。

中野にある榊教授の家は、真っ黒な直方体のような外見で、窓も目立たず、規模は小さいながら要塞のように見えなくもない。

外からはわからないが、中央に中庭があり、ウッドデッキがしつらえてある。採光は庭に面した広い窓があるので、中に入るとまぶしいほど明るい。

闇を愛する〈梟〉だが、太陽の光も嫌いではない。

勤務する大学から車で十五分のこの場所に、教授はいわば私的研究室を置いている。眠る必要のない〈梟〉は、生涯をほぼ仕事に懸けることも不可能ではない。眠る、食べる、風呂に入るといった人間らしい営みのうち、もっとも時間がかかるのは「睡眠」だ。

とはいえ、仕事と鍛錬ばかりでは息も詰まるのか、〈梟〉には意外な趣味人も多い。

幼いころに榊教授と別れたため、史奈は教授の趣味など知らなかった。篠田を伴い訪問した史奈を見て、教授が豆から挽《ひ》いて淹《い》れてくれたコーヒーは、熟練の手わざを感じる深い味がした。

史奈の隣に腰を下ろす篠田は、若干いつもより表情が硬いものの、予想したより場になじんでいるようだ。

「〈梟〉だけでなく、忍びに対し悪感情を持つ人は戦国の昔から多かったかもしれないね。徳川家康《とくがわいえやす》も高く評価したという、小笠原昨雲《おがさわらさくうん》が著した『軍法侍用集《じょう》』という軍学書には、忍びの重要性や用い方について書かれた章もあるが、『窃盗』と書いて『しのび』と読ませている。情報を盗むことからそんな文字が使われていたのかもしれないが、あまりいい印象を持たれていなかった可能性が高いよね」

コーヒーの香りを嗅ぎつつ、ため息をつくように教授が呟く。

「出水は一族のことを『化け物』と呼びました。ただ単純に眠らないことが、人間としてそれほど異様でしょうか」

史奈は子どものころからずっと、素朴な疑問を持っている。近隣の集落からは距離を置き、学校では眠らないことや運動能力の高さをひた隠し、息をひそめて生きていた一族のありかたについてだ。

――どうして、そこまでしなくてはならなかったのだろう。

戦国時代から、甲賀忍者に人材を提供するほどの、忍びの一族だったから。そんな理屈も、子どものころなら納得したけれど、今となっては首をかしげる。

教授が小さく息をついた。

「現代社会に生きる私たちの感覚で考えると、奇妙だね。だが、一族が己の能力を知らしめることに慎重にならざるを得なかったのは、信長《のぶなが》のせいだ」

その言葉があまりにも普通に呟かれたので、史奈は目を瞬《しばた》いた。

「――織田《おだ》信長？」

「敏満寺《びんまんじ》焼き討ちのことは知っているね」

「学校で習いました。比叡山《ひえいざん》焼き討ちに関連する事件で、多賀の敏満寺が延暦寺《えんりやくじ》に同調する姿勢を見せたため、信長が焼き討ちした事件ですね」

敏満寺はその後、廃寺となったが、多賀町の地名、敏満寺に痕跡が残されている。

「一族のひとり藤堂高虎《とうどうたかとら》は、当時、浅井長政《あざいながまさ》に仕えていた。まだ十五、六の足軽だ。浅井が朝倉《あさくら》と組んで信長と戦った元亀《げんき》元年、姉川《あねがわ》の戦で初陣を飾っている。負け戦だったが、兜首《かぶとくび》を取って長政の覚えもめでたかった。少年だった高虎だが、一族の者だから眠らず、身体能力が頭抜けて高いのだね。浅井・朝倉連合軍は比叡山延暦寺に本陣を置いて信長と対峙《たいじ》するが、このとき敵側を助けたことで、信長は延暦寺に対し決定的な敵《てき》愾心《がいしん》を抱く。翌年起きたのが、延暦寺焼き討ちだ」

話についていけない。史奈は困惑しながら、淡々と語る教授を見つめた。

「延暦寺焼き討ちは、ひとつには経済的な権利を守ろうとする寺社側と、楽市楽座に代表される新しい経済を構築しようとした信長との対立という原因もあっただろうが、やはり浅井・朝倉に協力して一時は信長軍を窮地に追い込んだことへの怒りもあったはずだ。そして延暦寺焼き討ちの翌年、元亀三年に敏満寺の焼き討ちが起きる」

「敏満寺が延暦寺と同じように、信長の経済政策に敵対する行動をとったから？」

「そう、言われている。だが、藤堂高虎はそう考えなかった。なぜなら、敏満寺には、一族の者が寺男として潜伏していたからだ」

「敏満寺に、〈梟〉の一族がいたの？」

「そうだ。しかも、信長が浅井・朝倉両家と対立して戦をする間、〈梟〉は浅井・朝倉についた。高虎はまだ子どもだったが、その父親、虎高《とらたか》も一族だったからだ。姉川では惜しくも敗れたが、裏では一族の者も高い身体能力を駆使して暗躍した。その情報が信長にも伝わったものと藤堂高虎は考えた」

つまり、信長にとって脅威となりそうな〈梟〉の一族が潜伏していたので、敏満寺を焼き討ちしたというのだろうか。

「考えてもみてほしい。一般的な人間のように眠る必要がなく、身体能力の高い兵士が敵に回るなんて、戦国大名にとっては脅威だろう。ただでさえ人間は、自分と違うものを恐れる。だから、信長は〈梟〉を滅ぼそうとしているのだと藤堂高虎とその父は考えた。それで、敏満寺焼き討ちのあった元亀三年、高虎は浅井家臣の山下《やました》某《なにがし》と口論し、これを切り殺して逃亡する」

あっと史奈は小さく叫んだ。

そうだ、その事件は一般的に、藤堂高虎が若くして武勲を立てて慢心したとか、浅井家中で妬まれた、高虎の血気が盛んすぎたなどと言われるが、一族の者にしてはずいぶん軽薄なふるまいだと史奈もずっと考えていた。

「父の虎高は、事件をきっかけに謹慎して所領の多賀に引きこもるのだが、逃亡した高虎が次に仕えたのは、なんと信長方の阿閉貞征《あつじさだゆき》だ。阿閉ももとは浅井に仕えた武将だったが、この少し前に浅井を裏切り、信長側に寝返っていた。喜んで即戦力の高虎を迎え入れたそうだ」

「では、信長に味方することで、一族を救おうと――」

教授は微笑んで、ひと息入れるためかコーヒーを口に含んだ。

「一族の伝説ではそうなっている。口伝だから、おもしろおかしく物語をふくらませた可能性はあるけどね」

「私は初めて聞きました」

「榊の〈ツキ〉は話してくれなかった？」

祖母はいろんなことを教えてくれた。家事、畑仕事、鍛錬、かんたんな大工仕事、生きていくのに必要なさまざまな知識と知恵を、史奈に授けてくれた。だが、一族の歴史については、あらまししか聞いていない。

「戦国時代の話は、今すぐ聞かせる必要もないと思っていたかもしれないね。史奈に教えたいことはたくさんあっただろうし」

「では、それ以来、一族は自分たちの能力を隠すようになったと？」

「そういうことだが、それでもなお一族の力に気づき、味方に引き入れようとする人間もいた。そういう話は、またしなければならないが——脱線しすぎたようだね。それより、まずは出水のことだな」

教授が自嘲ぎみに笑った。

「出水のような人間はどこにでもいる。自分と異なる人間を差別したり、虐げたり、蔑んだりする奴だ。逆に、どんな人間の中にも、出水的な部分があるかもしれない。私や史奈の中にもね」

教授がそんなことを言うなんて、意外だった。自分の父親ながら、いつでも冷静で、公平、公正な人だ。

そう不思議に感じているのが伝わったか、教授は涼しい表情でこちらを見た。

「自分だけは正しい、と思うほど危険なことはないんだよ、史奈。いつでも疑ってかかることだ。自分の考え方や感じ方は本当に正しいか。知らぬ間に、どこかが醜く歪んでいないか。自分の醜さから目をそらしてはいけない。自分は醜いと気づかなければ、それを正すこともできないんだから」

一族以外のすべての者を疑え、と教えたのは祖母だった。だが今、教授は自分自身すら疑えと言っている。何ひとつ信じることを許さない。それが〈梟〉なのか。

玄関であわただしい気配があり、誰かが戻ったようだった。栗谷和也かと思ったら、風のように入ってきたのは長栖容子だった。

「どうした？」

容子は、ここに篠田がいることに一瞬驚いたようだったが、教授に一礼し、立ったまま報告を始めた。

「出水の自宅を突き止めました。内部にこんな資料があったので、写真を撮りました。現物は、侵入者があったことを出水に気取られたくなかったので、そのまま置いてきました」

そう言いながら容子がテーブルにスマホを置き、写真を表示させた。

「──名簿？」

教授が首をかしげる。容子は無言で手際よく文字が読める程度にまで拡大した。

そこに書かれているものが何かわかったとたん、史奈は思わず立ち上がっていた。

「──一族の名簿なの？」

「そう。私たちが知らない人まで載っている」

容子は、出水を自宅マンションまで尾行した際に、〈狗〉の森山疾風がマンション内から現れたことも話した。

「出水は、〈狗〉の一族とつながっている？」

史奈は呟いた。

〈狗〉の一族は、ハイパー・ウラマに参戦すると言っている。そう考えると、だんだんもつれた糸がほどけてきた。

「――わかった。出水は最初から大嘘をついていたのね。ドーピングに反対する立場で、十條を探していたわけじゃない。出水も、ハイパー・ウラマの関係者かもしれない。ドーピングに協力させるために、十條を探していたのだとすれば筋が通る」

「ということは、十條君はハイパー・ウラマへの協力を断り、逃げているのか？」

教授が悲しげな目をして首を振った。

なるほど、と唸った容子が、〈梟〉の名簿をたたいた。

「出水と〈狗〉はハイパー・ウラマ側。〈狗〉の男がこれを出水に持ち込んだ。どんな手を使ったのかわかりませんが、里を下りた一族の引っ越し先をひとりひとり調べたのかも。ただ幸いなことに、ここは載っていませんし、史奈と私の自宅は以前住んでいた仮住まいの住所しか書かれていません。必ずしも最新の情報ではなさそうです」

「出水は何のためにこんなものを？」

教授が眉間に皺を寄せている。ほんの四年前、一族は里を攻撃されて死者が出たし、長栖家も襲撃され、家族が大怪我をした。まだまだ記憶が生々しい。

史奈は両手のひらを握りしめた。

二度と一族をあんな目に遭わせないのが自分の役目だ。出水が〈梟〉を嫌うばかりでなく攻撃するつもりなら、戦うまでだ。

「ともかく、ここに書かれている人で、すでに私たちも連絡先を知っている人は、住所を照合して、すぐ危険を知らせなくちゃ」

史奈の言葉に、教授も同意した。

「他にも、私たちが連絡先を知らなかった人がいるな。だが、名前を見るとたしかに、一族の者として聞いたことはある」

松壽《しょうじゅ》、津端《つばた》、緑青《ろくしょう》と教授は指さした。

「この名簿が正しければ、一族の者はまだまだ各地に残っているのかもしれない」

――私たち里の者が知らなかっただけで。

「照合作業、手伝おうか」

篠田が申し出たことで、容子がハッと身体を引いた。やっと篠田が何者か思い出したような顔だった。

「ちょっと待って。あなたは一族の者でもないのに――」

「まあ、容子君」

史奈が口を挟むより早く、教授が容子を制した。

「たしかに篠田さんはまだ一族の者ではない。〈梟〉はこれまで、部外者を締め出す排他的な生き方をしてきたが、これからもそのやり方を続けるのかどうかだ」

教授がさりげなく「まだ」と言ったことに史奈は気がついている。篠田のほうが隣で顔を赤らめて頭を下げた。

「すみません、考えの浅いことを申しました。最初の関わりが関わりですから、なかなか皆さんに受け入れてもらえないことも覚悟しています。縁あってこうしてお近づきになったので、私にできることがあればお手伝いしたい、それだけです」

「篠田さんには、われわれ一族の能力もすっかり知られているからね」

本心がどうであれ、教授は篠田を拒絶しない。もっとも、ひとり娘の恋人として認めているかどうかは不明だ。まだ態度を保留しているといったところだろうか。

「名簿の照合は、容子ちゃんと私でやる」

史奈がきっぱり宣言すると、容子が安堵の様子を見せ、篠田の顔には子どものように、がっかりした表情が現れた。十も年上の大人が、自分の前でそんな顔をすることが、ちょっぴり愛《いと》おしい。

史奈は微笑した。

「篠田さんには、他にやってもらいたいことがある」

10

「お待たせ」

日本橋《にほんばし》にあるアテナ本社ビルの前と指定した諒一は、午後六時を十分過ぎて現れた。

史奈は、まじまじとスーツ姿の諒一を見た。

定時を過ぎ、帰宅したり夕食に出かけたりする会社員らがどっとオフィスから吐き出されている。スーツ姿の諒一は、すっかり彼らにまぎれていた。

「またジャージで来るのかと思った、だろ？」

諒一が自慢げにスーツの襟先に指先で触れる。濃紺のビジネススーツだが、学生が着るリクルートスーツより、ずいぶん生地が良いようだ。

「作ってもらったんだ。これから記者会見とか出る機会も増えるだろうから、いつもジャージってわけにもいかないって」

「ふうん」

作ってもらったという言葉が引っ掛かったが、隣で容子が、「また無駄遣いをして」と口に出さずに睨んでいる。

「さあ、行こうか。タクシー呼んだから」

「本社に入るわけじゃないの？」

容子が尋ねた。

「うん、本社じゃないんだ」

アテナ本社の中には入らず、すぐに寄ってきたタクシーに諒一は史奈と容子を乗せた。自分はさっと助手席に乗り込むあたりは、一応都会でスマートさを磨かれたらしい。容子からは、小さく「ちっ」という舌打ちが聞こえた。ご機嫌斜めらしい。

「相談っていったい何なの？」

不機嫌な声のまま、容子が尋ねた。

「向こうに着いたら説明するよ」

諒一はどこかそわそわしている。

アプリで予約したらしいタクシーの運転手は、すでに行先も知っていて、黙っていても走りだす。首都高速に乗ったので、それなりに距離を走るのだろうと思った。

この四年で史奈もずいぶん東京の地理に詳しくなった。タクシーが渋谷料金所で高速を降り、玉川《たまがわ》通りから都道三一七号線に入ったので、渋谷に向かっているのかなと思った。タクシーが入っていったのは、人の背丈より高い塀と、高木に囲まれた大邸宅の並ぶ地域だ。スマホの地図をそっと覗くと、それが渋谷の松濤《しょうとう》という地区だとわかる。渋谷駅からも近いのに、こんな場所に足を向けるのは初めてだ。

誰も口をきかないタクシーの中で、西日の射す東京の高層ビル群を眺めながら、史奈は昼間の、篠田と榊教授の会話を思い起こしていた。

　篠田が手土産に持参した野菜とイチゴを受け取って、軽い昼食を作ろうと史奈がキッチンに立った隙に、教授が篠田に話しかけたのだ。さほど広い家でもないから、ふたりの会話を史奈が聞いていることは、承知していただろう。

（史奈さんは誰よりタフで、辛抱強くて頼もしい。あんな女性は、私の周りにはいませんでしたよ。ですが、彼女が背負っているものは、一般的な二十歳の女性が背負えるようなものではない）

　農業を学び始めた理由を問われ、篠田がそんなことを語りだしたので、史奈の心臓はトクンと跳ねた。

（何かあった時、今の私では史奈さんの足手まといにしかならない。それは重々承知しています）

　そんなことはない、と史奈は反射的に考えたが、教授は黙って話の先を促したようだ。

（だから、私は土になろうと考えたんです。史奈さんが大樹なら、私は彼女がのびのびと枝葉を伸ばせるように、しっかり足元を支えられる土になりたい。「食」は生活の基本です。もしも彼女が将来、新たな〈梟〉の里を作ろうと考えた時にも、農業を知っている人間がいたほうがいいかと思って）

――新たな〈梟〉の里。

現実的ではないと、あっさり史奈が退けていたその言葉が、篠田の口から出るとすぐにも実現可能な夢のように輝き始める。

（――なるほど。君のような人がいて、史奈は幸せ者だ。だが、君自身はそれでいいのかな？　土になると言うが、それではまるで君が史奈の黒子になると言っているようにも聞こえるよ）

（すみません、そんなつもりはないんです。やってみると、農業は意外に楽しいし、自分の性格にもあっている気がして）

照れたように答える篠田の声が聞こえた。

（それならいいんだが。実は聞くべきかどうか迷っていたのだが、君は以前、警視庁に勤務していたね。西垣警備保障に就職する前のことだ。なぜ警察を辞めたのか、聞いてもいいだろうか）

教授の質問に、篠田の答えはなかった。息を呑むような驚きの後、沈黙が場を支配していた。

史奈は急いで居間に戻った。なぜだか、早く篠田を助けに行かなければいけないような気がしていた――。

「降りるよ」

タクシーが停まり、諒一がひと声かけて助手席から滑るように降りた。

夢から醒《さ》めたように、史奈は小さく頭を振って、車を降りた。篠田は昔、警察官だった。初めて知る情報だが、わずかなつきあいで篠田の人生のすべてを理解しているとは自分も思わない。――とはいえ。

――篠田さんにも、秘密がある。

そしてそれは、今でも史奈に聞かせたくないことらしい。その点だけ、そっと心にしまいこんだ。

「ここだよ」

諒一が手を振っている。広壮な寺院かと見まがうほど、重厚な造りの白塀に囲まれた和風の屋敷だ。一瞬、日本料理の店かとも勘違いしそうになったが、数寄屋《すきや》門の脇には「諏訪」と墨書された表札がかかっている。

諒一がインターホンを押すと、中から絣《かすり》の着物姿の女性が小走りに駆けてきて、引き戸を開けてくれた。

「大奥様がお待ちでございます」

時代劇の中に迷い込んだような不思議な気分になりつつ、飛び石を踏んで玄関に向かった。何度も来ているのか、諒一は気楽そうに先に立っている。

「兄さん。どなたのお屋敷なの？」

「社長だよ。アテナの諏訪社長」

ハッとした様子で容子が沈黙した。

――なるほど、アテナの社長宅なら納得だ。

松濤という地名は、高級住宅地としてうっすら聞き覚えがある。東京とは思えないほど広い敷地に、平屋の日本家屋を建てるというぜいたくな造りだ。

案内されたのは中庭に面した洋室で、日本家屋にフローリングの部屋がある理由は、現れた高齢の女性を見てすぐにわかった。

彼女は車椅子に乗っている。

「――まあ、よく来てくださいましたね。諏訪響子《きょうこ》と申します」

緩いパーマを当てた真っ白な髪が、肩に落ちている。ハッとするほど白い髪だ。八十代半ばだろうか。先ほどの和服の女性に車椅子を押してもらいながら、彼女はこちらに微笑みかけた。

「社長のお母さんだ」

諒一が素早くこちらに耳打ちし、それから諏訪響子に見せるように、スーツの胸を張り、くるりと一回転して見せた。

「ほら、響子さん。着てみたけど似合うかな」

「似合うわね。ぴったりよ」

響子が目を細めている。嫌な予感がした。さっき諒一は、スーツを「作ってもらった」と言わなかったか。まさか、社長の母親に奢《おご》ってもらったのだろうか。だいたい、社長の母親を「響子さん」などと、名前で呼んだりするだろうか。諒一はたいがいの人に馴れ馴れしいが、それにしてもほどがある。

「無理を言ってごめんなさいね。どうしても、あなたがたに一度、お会いしたかったの」

響子は史奈たちに、応接セットのソファを勧めた。不自由なのは足だけではないようで、ソファを勧める右手は枯れ枝のようにこわばり、痩せている。

「諒一君から、もう話を聞かれているかしら。——いいえ、聞くまでもないですね。自分の口からは言いにくいでしょうから」

史奈は容子と顔を見合わせた。容子はすでに、諒一が勝手にしでかしたかもしれない、あんなことやこんなことの想像で目の前が暗くなりつつあるようだ。

だが、響子は史奈たちが予想もしなかったことを話し始めた。

「諒一君にハイパー・ウラマへの参加を要請したのは、この私なのです」

年齢相応の皺が刻まれてはいるが、響子の唇はふっくらとしている。その口元から目が離せなくなった。

「彼のアスリートとしての将来に禍根を残すような真似《まね》は、本来すべきではない。わかっていましたが、あの競技を黙って見過ごすことはできませんでした。誰かが、あれはスポーツではない、人間の能力を高めるのに、薬物や遺伝子操作などに頼るべきではないし、頼る必要もないと言うべきだったんです」

「──私もアスリートですから、それはおっしゃる通りだと思います」

容子がそっと同意する。響子はまた穏やかに微笑んだ。

「ありがとう、容子さん。そう言ってくださって、心が休まりました」

「でも、薬物や遺伝子操作など必要ないと証明するためには、諒一が優勝しなくてはなりませんよね」

容子がちらりと兄に視線を送り、当然の質問をする。響子はたじろぐ気配も見せずに頷いた。

「諒一君は大丈夫。だけど、諒一君だけでもダメなの」

響子が視線を送ると、やれやれと言いたげな諒一が、眉を八の字に下げて、壁際のサイドボードから新聞を持ってきた。

「──これだ。今朝、日本でのハイパー・ウラマ競技について、ルールが発表されたんだ」

諒一が開いた紙面を見て、史奈は思わず目を丸くした。

「――3×3のチーム戦？」

　先日の発表では、そんな話はひと言も出ていなかったのに。

「外国ではそんな案は出てないから、おそらく俺が参加すると聞いて、そんな後出しジャンケンみたいな真似をしたんだと思う。俺ひとりが抜群に強くても、チーム戦となると話は別だからな」

　諒一が得意げに指先で鼻の頭をこすった。

　――なぜそこで得意げに胸を張るの。

　史奈と容子が白い目を向けると、さすがの諒一もしゅんとして新聞を片付けた。

「諒一君を責めないであげてくださいな。彼の説明は、決して思い上がりとは言えないの。アテナで諒一君が記者会見をして、ハイパー・ウラマ参戦を宣言した日から、ハイパー・ウラマの事務局であわただしい動きがあって、急に新しいルールが発表された。諒一君を狙い撃ちにしたんだと思います」

「ドーピングせずに勝つと宣言した諒一が優勝するには、同じくドーピングせずに競技に参加して、なおかつ勝てそうな仲間をあとふたり集める必要がある――」

　そこまで呟いて、史奈は絶望的な視線を容子と交わした。

　――やられた。

「なあ、頼むよ、史奈、容子。ふたりが頼みの綱なんだから、協力してよ」

諒一が拝むように両手を合わせている。ポーズだけは一人前だ。

「私からもお願いします」

響子が車椅子の上で頭を下げた。

「容子さんが来年、体育大学を卒業されることも、もちろん存じています。ハイパー・ウラマの件がなくともアテナの陸上部にお誘いしたいと考えていたのですが、兄妹で同じ会社と契約することを容子さんがどうお考えになるかがわからず、監督やコーチとも相談していたところでした。だから、アスリートとしてハイパー・ウラマには参加したくないとおっしゃるなら、それは理解できますし、それとは無関係にアテナの陸上部を進路のひとつとして検討してもらえればと思いますよ。でも――私はなんとかして諒一君に勝ってもらいたいのです。薬物などの力に頼らなくても、人間は鍛錬だけでここまでの力を持つことができると証明してほしいんです」

ハッとした。

今、この人は「鍛錬」と言った。一族は普通に使う言葉だけれど、現代社会で一般にはそれほど聞かない。

容子の顔を見たが、彼女は何か迷っているらしく、真剣な表情で考え込んでいる。容子もアスリートなら、アテナは就職先、あるいは契約先の有力な候補に挙げていたはずだ。ハイパー・ウラマは気に食わなくとも、アテナと契約できるなら多少のことは我慢しようか――そんな打算も、現実的な容子は働かせ始めたはずだ。

「即答はできません。もし参加するなら、大学の陸上部とも相談しないと」

容子のもっともな回答に、響子は深く頷いた。

「もちろんです。大学側とは、アテナから相談するほうがいいかもしれませんね」

このままだと、とんとん拍子に話がまとまってしまいそうだった。

あの、と史奈は言いながら頭を下げた。

「ごめんなさい。諒一ちゃんと容子ちゃんはアスリートとして間違いなく才能がありますが、私はほとんどスポーツをしたことがありません。私が参加しても、戦力になりませんから」

中高と、史奈は運動部には入らなかった。嵐のように勧誘されたが、のらりくらりと理由をつけて断った。何より、里から学校までの山道を、往復一時間以上かけて自転車で通学しているというのは、断る理由として最適だった。史奈が丁重に不参加を申し出ると、響子が微笑んだ。

「スポーツの経験がなくとも、あなたがどれだけ体幹を鍛えてきたか、見る人が見ればわかりますよ。榊史奈さん」

ですが、と彼女は毅然《きぜん》として続けた。

「容子さんには、アテナとの契約をお礼として提示することができる。あなたには、何を提示すればいいのか私にはわからない。おそらくあなたは、競技の世界で表舞台に立つことを望んではいないでしょうから」

妙な感覚だった。

目の前にいるこの女性は、どこか祖母に似たところがあった。骨の太さを感じさせる態度のせいだろうか。

「あなたに提供できるものはないかもしれない。ですから、こうお願いするしかありません。どうか、私たちに力を貸してください。ハイパー・ウラマは、人間社会の倫理観念を破壊します。そうなってから修復しようとしても、きっともう手遅れなのだと私は思っています」

倫理観念、という言葉に史奈は驚かされた。この人は、孫ほどの年齢の自分に、とても丁寧に説明してくれている。〈梟〉は戦国の昔から、人の世が美しくあるように、人々が幸福で生きやすいようにと念じながら、主を選んで仕えてきたはずだ。それは、彼女の言う倫理観念と近い位置にあるかもしれない。だが、〈梟〉がそんな道を選んだのは、自分たちの力を正しく使い、一族を幸せにするためでもある。ただ理想のためだけに、そうしたわけではない。安易に倫理などという言葉を使う相手はうさんくさい、とも感じる。

「この現代社会に、そもそも倫理なんて生き残っているでしょうか」

史奈はあえて皮肉で響子を挑発した。

「ハイパー・ウラマはスポーツの高潔さを破壊するかもしれません。でも、そもそもそんな高潔さを信じ、守ろうとしている人たちはひと握りにすぎず、ハイパー・ウラマがこの世にあろうとなかろうと、世界はさほど変わらないのではないですか」

「若いのにシニカルなのね、史奈さん」

響子が動じず、にっこりした。

「私は決して、ハイパー・ウラマを倒せば人類の理想郷が戻ってくるなんて、考えていないのよ。ですが、どんな手を使ってでもただ強ければいい、強ければすべてが許されるというゲームは、人類の良い面を駆逐します。人間は長い時間をかけて、人類にとって本当にたいせつなものを模索し、よりよい生き方を選択してきたのに、それをあえて破壊しようとしているんですからね」

「彼らはただ、お金儲けの亡者なのかと想像していました」

「そういう面もあるでしょうね」

響子が頷く。

「とても大きなお金が動くでしょう。裏も表も——闇社会の資金洗浄にも利用されるでしょうね。つまり、ハイパー・ウラマの主催者がどれだけ綺麗《きれい》ごとを語ろうと、あの競技を発案した人たちは、あまり性質の良くない人たちだわね。〈梟〉とは相いれない。

——そう思いませんか？」

あまりにもさらりと言い放たれた言葉に、史奈は一瞬、息を詰まらせた。

ゆっくり、車椅子の上で微笑む響子と、その真っ白な長い髪を見る。

——まさか。

諒一が響子の代わりに口を開いた。

「響子さんのお父さんは、昔、里を下りた一族のひとりだった。彼女も一族の末裔なんだ」

11

諒一の言葉も耳に入らないほど、史奈は響子を凝視していた。失礼なほど。

この人は、〈シラカミ〉なのだろうか。

いや、そんなわけはない。〈シラカミ〉を発症すれば、史奈の母のように、眼球以外なにも自分では動かすことができなくなるはずだ。この人は車椅子には乗っているが、先ほどから両手を含む上半身を動かせている。

「掛けまくも畏き産土大神の大前に慎み敬ひも申さく。この宮殿を、静宮の常宮と鎮まり坐す大神の高き尊き大御恵を仰ぎ奉り称へ奉る——」

ふいに、響子が目を閉じて、〈讃〉を唱え始めた。聞いたことのない変わった節回しだったが、間違いなくこれは〈梟〉が鎮守の森でお堂に向かい、唱える〈讃〉だ。

――この人は――。

「隠れ里にも、赤紙は来たの」

響子がゆっくり語り始める。

「父は、相馬倫太郎《そうまりんたろう》といいました。相馬家の次男で、召集令状が届いて第二十五軍の第十八師団に配属され、そのまま山下奉文《ともゆき》司令官の指揮下でマレー・シンガポール作戦に出たそうですよ。父は終戦をシンガポールで迎え、二年ほど抑留されて労働に従事した後、日本に引き揚げたんです」

史奈が物心ついたころには、里にはもう相馬という家は存在しなかった。

「戻らなかった――んですか」

「そうね。広島の大竹《おおたけ》港に復員して、どうやって里まで戻ろうかと途方にくれていた時に、同じ船に乗っていた軍人仲間が、東京に来ないかと誘ったんですって。終戦後二年経ち、そのころ東京は少し活気を取り戻していたようね。里に戻れば東京に出る機会もないかもしれない。父は新しいものが好きだったのね」

東京で、諏訪茂子《しげこ》という女性と出会った。足袋屋のひとり娘で、倫太郎は諏訪家に養子に入り、足袋屋を継いだ。「寝ずに働く、良い婿が来た」と婚家に好評だったらしい。

翌年には響子が生まれ、倫太郎はもう里には戻らないと決めて、いよいよ本腰を入れて足袋屋の商いを大きくした。その過程で、スポーツ用品メーカーとしての「アテナ」が生まれたのだった。

「父は、バブルの絶頂期に癌《がん》で亡くなりました。だけど〈梟〉のことは、子どものころからいろいろと聞いていますよ。先ほど私が唱えたのも、父から教わった〈讃〉なの。皆さんあれをお堂の前で唱えるのですってね？」

「ギリシア神話で、女神アテナは杖《つえ》に知恵の印、梟を止まらせているんだ。倫太郎さんは里を忘れていない印に、会社にアテナとつけたんじゃないかな」

諒一がまた蘊蓄《うんちく》を添えた。

「待って。諒一はいつから知っていたの？」

容子の質問が剣呑《けんのん》だと感じたのか、諒一が必死の様子でぶんぶん両手を振った。

「つい最近だよ！　契約した時は知らなかった。ハイパー・ウラマに参加してほしいと響子さんから依頼されて、その時に初めて聞いたんだ」

「どうして私たちに言わなかったの。一族に配る〈お水〉のことだってあるのに」

「まだ話さないように、響子さんから頼まれたんだよ」

情けない顔になった諒一の声が、だんだん小さくなっていく。頼りない兄としっかり者の妹の立場は、この年齢になっても変わらないようだ。

「足は——どうされたんですか」

響子をまっすぐに見て、史奈は率直に尋ねることにした。

「五十代半ばのある日、急に動かなくなったの。髪も突然こんなふうに真っ白になってね。医者には原因不明と言われましたよ」

「足と髪だけ——ですか」

「〈シラカミ〉というのですってね」

響子が微笑んだ。

「父はそんな話をしなかった。諒一君から聞くまでは、まさか一族に伝わる風土病のようなものとは思いませんでした」

〈梟〉の一族は、自分たちが予想しているよりずっと、各地で生き残っている。それは、希望の光を与えてくれる。

「〈シラカミ〉になると、眼球以外は動かせなくなるのだと里では言われていました。失礼ですが、諏訪さんのようなケースは初めてです」

「それでは、これからお互いにいろいろと情報交換ができそうですね」

響子の微笑みがまぶしい。もし、母がこんなふうに話すことができたなら。もし、研究が進んでそこまで回復することができたなら。

そんな希望を持つことは、だいそれているだろうか。

史奈のポケットで、スマホが震えた。

響子たちに断り、メッセージを見た。篠田からだ。

『森山を見つけた。仲間とバイクでどこかに向かっている。様子が物騒だ。車で追う』

史奈は深々と呼吸した。篠田ひとりに〈狗〉の男を追わせるわけにはいかない。

「すみません、私たちはこれで失礼します。ハイパー・ウラマの件は、少し考えさせてください」

容子に視線をやると、何かが起きたことを察した彼女の目が光る。早く知りたくてしかたのない目つきだ。

「わかりました。もちろん、この場で答えをとは申しません。でも、ハイパー・ウラマに参加登録するには、あまり日がないの。数日のうちに返事をくださいね」

「それじゃ、俺もふたりと帰るよ。また今度な、響子さん」

諒一はまるで響子と昔からの友達のように手を振り、史奈たちについてくる。

車椅子の響子に見送られ、屋敷を出た。車で送らせると言われたが、借りを作りたくない史奈は丁重に辞退した。こちらの気持ちは、響子も理解しただろう。

「ちぇっ、ふたりとも固いなあ。いいじゃないか、ハイパー・ウラマ。スポーツじゃないけど、面白そうじゃん」

松濤の高級住宅街で、諒一が子どものように唇を尖らせる。容子が配車アプリでタクシーを呼ぶ間に、史奈は自分のスマートフォンに登録した、篠田のスマホの位置を確認した。

容子が〈狗〉の森山に、発信機をつけた。それを頼りに篠田が森山を追い、史奈は篠田を追うという仕掛けだ。

森山は〈梟〉が近くにいればわかるというから、史奈や容子が尾行するのは不可能だ。

でも、篠田なら。

「近い。いま恵比寿《えびす》のあたりを走ってる」

「恵比寿？」

ひょいと諒一が地図をのぞき込み、「げっ」と呟いた。

「それひょっとして、篠田のスマホ？　史奈おまえ、篠田のストーカーやってんの？」

黙って白い目で見返すと、鼻の上に皺を寄せた。

「わかってるよ、もう。やだなあ。篠田の位置情報をもらって、別の誰かを追いかけてるんだろ。で、追ってる相手は誰だ？」

ゆっくり話している暇はない。容子が呼んだタクシーが、角を曲がってこちらにやってくる。

「道々、話すから。とにかく乗って」

12

様子が物騒だ、と篠田がわざわざ書いてよこした理由は、篠田のスマホを追って、恵比寿から目黒川《めぐろがわ》を渡るとすぐに察しがついた。

「――あれ、〈狗〉の男じゃない？」

史奈が指さしたのは、ぼさぼさに傷んだ金髪を、首の後ろでひっつめにして、だるそうに腰に手を当てた若い男だ。そばにオートバイが何台か停まっていて、男は路地に人が入らないよう、見張っているようだ。

路地の奥に、若い男のグループが見えた。似たようなシャツに革ジャンを着て、コインパーキングの前に群がっている。喧嘩《けんか》だ、とすぐ見て取れたほど、物騒な気配が漂っている。

夜目のきく史奈には、男たちに取り囲まれる篠田の横顔もちらりと見えた。集団と対峙して、一歩も引かない気迫を瞬時に察する。

「停めてください！」

タクシーはあっという間に行き過ぎたから、急いで運転手に車を停めてもらわなければならなかった。

諒一が料金を支払うあいだに容子と駆け戻ると、匂いで気づいたらしい金髪男がこちらを睨み、野犬のように唸った。

「おまえら、邪魔すんな！」

「どいて！」

路地と言っても東京だ。中目黒《なかめぐろ》の駅から通りひとつ隔てた道で、人通りがないわけではない。だが、怒鳴り声を聞いて驚きはしても、柄の悪い男たちが何人もたむろしているのを見て、関わり合いにならないよう立ち去る人がほとんどだ。

それが、史奈にはかえって好都合だった。

「去《い》ね！」

金髪男が威嚇するように吠《ほ》える。細身だが、筋肉質で引き締まった身体つきだ。史奈が男の横をすり抜けて路地に入ろうとすると、俊敏に立ちはだかる。

だが、それは史奈のフェイントだった。背後から助走して勢いをつけた容子が、ひょいとしゃがんだ史奈の背中に飛び乗り、軽々と宙に舞う。

「あっ、こいつ！」

邪魔者を飛び越えて路地に着地した容子につかみかかろうとする金髪男の足を、史奈が引っかける。

「ごめんね。どいてって言ったでしょ」

「舐めてんのか！」

　たたらを踏んだが、倒れず踏みとどまった男は、顔を真っ赤にして容子と史奈を交互に睨みつけた。

「おーいおい、ノリちゃん。オレさまの嫁たちに何やってんの」

　コインパーキングから、森山疾風が振り返り、こちらを眺めてにやついている。

「史奈！　こっちだ」

　大声を上げた篠田が、背後に誰かをかばっていることに気がついた。ひどく痩せて骨ばった男性だ。顔の左側を赤く腫らしている。

　──彼が、十條じゃないか。

　史奈はそう当たりをつけた。

〈狗〉の男たちに十條を渡すわけにはいかない。

「おやおや、おっさんまでオレさまの嫁を呼び捨てかあ？　ひょっとして、史奈ちゃんに惚れてんの？」

　森山が調子はずれな声を出す。篠田は落ち着いて、森山の言葉など歯牙にもかけていない。敏捷《びんしょう》性、体力、腕力、それらは〈狗〉の男たちに劣るかもしれないが、篠田はそうとう場数を踏んでいる。六人もいる〈狗〉が、すぐさま篠田に手を出さず間合いを測っていたのも無理はない。

——元警察官なんだもの。

ふと、湧き上がるその考えを振り払う。

「都内で拉致でもするつもりだったの？　物騒ですね、森山さん」

史奈が声をかけると、森山は歯をむき出して笑った。

「よせよ、嬢ちゃん。拉致とは人聞き悪いじゃないか。あれは俺たちの弟分だ。親が心配してるから、連れ帰ろうとしてるだけさ」

「ずいぶんいい年をした弟分ね」

顔を腫らした男性は、見たところ三十前後だ。森山より年上だろう。

「一族の問題だ。あんたらには関係ない」

「その人が十條さんなら、こっちにも関係があります。うちの父親の生徒なので」

十條が榊教授のゼミにいたのは大学院のころだが、史奈はわざと「生徒」と言った。

庇護《ひご》が必要な子どもみたいに。

森山は、否定しなかった。

「へえ。〈梟〉が〈狗〉を拾おうってのか？」

森山の態度と言葉から、史奈たちを女の子扱いする気配が消えうせた。ようやく、まともに相手をする気になったのだろうか。

「あなた、私たち一族の名簿を手に入れて、出水に渡したようね」

容子が鋭い刃で切りつけるように尋ねた。森山の喉がヒュッと鳴る。

「おやおや。あのおっさん、もうばらしたんか？　ちょっと出水のおっさんに、ええとこ見せたい理由があってな。ええやないか、あんなおっさんに捕まるような〈梟〉じゃないよな」

へらへらとした森山の態度に、容子の目が細くなる。

「それでまあ、俺はずっと考えてたんだがな」

森山が、唇の端をきゅっと持ち上げた。嫌な笑い方だった。

「あんたら〈梟〉ってのは、たしかに身が軽い。持久力もあるようだ。だが──」

森山の身体から、強い闘気が発散されて、史奈はハッと身構えた。

やはり彼は〈狗〉だった。ふいに膝を折ったかと思うと、跳躍してひと飛びに容子の目の前に降り、犬のように彼女に飛びつこうとした。容子がステップバックしなければ、アスファルトに押し倒されていたかもしれない勢いだった。

「パワーはあるかな？」

森山がにやりとこちらを見る。

──なるほど、パワーか。

〈狗〉たちはスリムだが、骨格のしっかりした、筋肉量の多い男性だ。容子や史奈は、体重で比べれば森山たちよりずっと軽い。森山にしてみれば、吹けば飛ぶような存在に見えるのかもしれない。

容子の左足が森山の胸部に飛んだ。「おおっ」とふざけて両腕で受け止めた森山は、続いて顔に飛んできた右足をかろうじて上半身をそらして避けたまでは良かった。

だが続く後ろ回し蹴りは避けきれず、そのまま背後に蹴り飛ばされた。どうにか倒れずにこらえたので、〈狗〉の面目をぎりぎり保ったというところだろうか。

「あら本当。まだまだパワーが足りなかったみたいね」

容子が構えの姿勢に戻りながら肩をすくめる。言葉で弁明するより、やってみせたほうが早い。そう容子の背中が語っている。

「――おいおい、まさかの連続蹴りかよ」

憮然とした森山が、鼻血を手の甲で拭く。

「痛《いて》えな。信じられん馬鹿力だ」

容子はロングトレイルの選手だが、その前にテコンドーも習っていたそうだ。史奈も容子と組み手をやったことがあるが、容子の蹴りを受けると、防御しても脳天にまで衝撃が突き抜ける。決して軽い蹴りなんかではない。

篠田と対峙していた〈狗〉たちが、妙な展開に口笛を吹き、こちらを向いた。史奈はあっけにとられている金髪男を横に押しやり、容子のそばに並んだ。あまりやりたくないが、実力行使してでも篠田と十條をこちらに取り戻さなくてはならない。

「そこをどいて。ふたりは渡さない」

「冗談だろ！」

森山は先ほどよりずっと真剣に、容子に向かった。〈狗〉は見張りの金髪男を入れて七人。諒一はどこに行ったのか気配もなく、こちらは篠田を入れても三人だ。

「おい、私もいるぞ」

十條が飄々《ひょうひょう》と〈狗〉の男たちに声をかけた。痩せた野良犬みたいな風貌ではあるが、なるほどこれで四対七だ。

森山が、うんざりした様子で唸った。

「関係ない奴らが、でしゃばんなや！」

先ほど押しのけた金髪男が、つかみかかってきた。史奈はとっさに胸倉をつかんで背負い投げをかけた。金髪男はアスファルトに落ちながら目を丸くしているが、史奈は力を使っていない。本人は理解していないようだが、自分の勢いでつんのめっただけだ。

（無駄に力む必要はない。相手の力を利用するのや）

里の先生は、祖母だけではなかった。剣術は砧のじいちゃんから教わり、空手によく似た武術は平群《へぐり》のおじさんから教わった。みんな、里に残された唯一の子どもである史奈に、自分の持つ技量のすべてを教え込もうとしていた。

一瞬、〈狗〉の男たちが史奈と金髪男に気を取られた隙に、十條が男たちの隙間を縫って、猛然と走りだした。路地の奥へ向かっている。速い。なるほど、彼もまごうかたなき〈狗〉の一族なのだ。

「逃がすな！　あいつを捕まえろ！」

森山の命令で、〈狗〉の男たちが飛ぶように駆けだす。

史奈は指示する必要がなかった。容子も篠田も、とうに十條を追って走りだしている。

史奈は〈狗〉の男のひとりにスライディングタックルをした。予想外の攻撃につんのめった革ジャンの男が、路面で受け身を取り損ねて転がり、捻挫したらしい左腕を抱えて悲鳴を上げる。

すぐ体勢を整え、後ろを見ずに走りだす。史奈の目は十條の背中だけ追っている。

「ちょっとやりすぎた」

「史ちゃん、気にしない」

容子は誰よりも心が強い。

なんとしても十條を救わねばならない。だが、〈狗〉の連中はしつこかった。

十條は路地から向こう側の通りに飛び出そうとしていた。その足が急ブレーキでもかけるみたいに止まった。路地の向こうに、立ちはだかる人影が覗いている。華奢だが男性のシルエットだった。

「助けて！　誰か警察呼んでください！　不良が女の子たちを取り囲んでるよ！」

十條を立ち止まらせた男が、突拍子もないことを叫び、早く、早くと周囲に助けを求めている。諒一の大芝居だ。いないと思ったら、いつの間にか先回りして出口をふさいだのだ。

何が起きているのかと、こわごわ様子を見に来る人の姿も見え始めた。

——諒一の奴。

前を行く森山が、鋭く舌打ちした。

「むかつく！」

笑っている場合ではないが、思わず笑いそうになる。森山を真剣に怒らせるとは、諒一もやるではないか。

「マジで覚えてろよ、〈梟〉の」

警察を呼ばれると困る理由でもあるのだろう。〈狗〉たちは十條を諦め、来た道を引き返して走り始めた。オートバイが反対側の出口にあるのだ。

「十條、今日は帰るけどな！　このままずっと俺たちから逃げられると思うなよ！」

森山の罵声に、十條が昂然《こうぜん》と右手の中指を立て、高々と上げた。この男も〈狗〉の仲間らしい反骨ぶりだ。

森山が、バイクまで走る途中で、先ほど倒れて腕を痛めた男を引っ張り上げた。仲間は見捨てない。そんなところは、〈梟〉とも通じるものがある。

彼らがバイクにまたがり、全員がこちらに中指を立てて走り去るのを、史奈たちは足を止め見送った。

「兄さん、今まで何やってたの。さっさと来てよ」

「だって、アテナの契約アスリートが、都内の路上で喧嘩なんかできないだろ。誰かに見られたらどうすんだよ。写真でも撮られたらアウトだぞ。みんなを助けるために、これでも知恵を絞ったんだからな」

むくれて唇を突き出しながら、諒一が十條を捕まえて戻ってくる。なるほど、以前は誰よりも先に喧嘩の輪に飛び込んでいく男だったが、プロのアスリートになったとたん、ずいぶん大人になったものだ。

「大丈夫ですか」

篠田が近づき、いたわるように十條の背中をたたいた。

「篠田さん。いったい、何があったんですか」

篠田には、森山を追ってもらっていた。〈狗〉のアジトを割り出すつもりだった。それが、何がどうなって十條まで見つかったのだろう。

「道々話す。それより、近くに車を停めてあるから、ここを離れたほうがいい」

篠田の判断は冷静だった。諒一が道をふさいで大騒ぎしたおかげで助かったが、叫び声を聞いた誰かが警察に通報した可能性は高い。〈狗〉は逃げたが、こちらもあまり警察に事情を聴かれたくはない。

「あなたが、十條彰さんですね」

史奈が尋ねると、十條は暗い印象の目つきでこちらをちらりと見た。

「あんたは、私の部屋に侵入した奴だ」

やはり彼は、誰かが部屋に入ったことを、残り香で知ったのだ。

「――妙だな。あんたからは、私の先生と似た匂いがする」

どこか不思議そうに、十條が呟く。彼が言うのは、榊教授のことだろう。

――親子だと匂いまで似ているのか。

「ぐずぐずしてないで、早く行こうよ」

諒一が走りながら、せっかちな子どものように急かした。その声につられるように史奈も走りだす。

篠田が先導したのは、近所のコインパーキングだった。白いレンタカーで、ちょうど五人乗れる。

「森山君につけた発信器の電波を追いかけて、居場所をつきとめたのはいいが、すぐに大勢でバイクに乗って出かけてしまったんだ。誰かを襲撃するような会話が聞こえたから、車で後を追ってきた。正解だったな」

篠田が説明し、運転席に乗り込むと、諒一が図々《ずうずう》しい態度で助手席に収まった。狭い後部座席が嫌いなのだ。十条に逃げられないよう、史奈と容子が両側に座る。

「彼ら、十条さんがこのあたりにいることを知っていたということ？」

「そのようだったな」

車を出しながら、ちらりと篠田がバックミラー越しに十条を見る。話を促したようだが、十条は知ったことかと言わんばかりに涼しい顔をしている。助けてもらったことなど、意にも介していないようだ。

「あのマンションを出て、このあたりに隠れていたの？」

十条が肩をすくめた。

「根暗なおっさんだなあ。あんた、ハイパー・ウラマとどういう関係があるんだ？　ひょっとしてさ、ドーピング担当なのか？」

口の重そうな十条に、諒一はずけずけと切り込んでいき、眉をひそめさせている。なるほど、これは諒一に任せたほうが良さそうだ。

「俺もアスリートのはしくれだからな。ドーピング、大嫌いなんだよ。あんたがそんなものに手を貸すというなら――」

「ドーピング担当になってくれと、頼まれたが断った」

不穏な空気を感じたのか、しぶしぶ十条が口を開いた。答える気のなかった質問にまで、諒一に聞かれるとつい答えてしまうようだ。

「へえ。頼まれたけど、やらないってことか？　でもあんた、エマリスタンで遺伝子ドーピングの実験をやっていたんじゃなかったか」

「よく知ってるな。あれはエマリスタンの国家プロジェクトだ。あんな研究に参加できる機会はまずないからな」

　驚くようなことをさらりと言う男だ。

「おいおい、エマリスタンは国を挙げてドーピングしようってわけか？　それも遺伝子ドーピングみたいに、検知されにくい方法を研究して？」

「まあな。だが、エマリスタンでの実験は失敗だった」

「失敗？　あんたも参加したんだろ？」

「実験に参加した選手が五名いたが、一名がわずかに記録を向上させた程度で、ほかはだめだった。結果が出なくちゃ話にならん」

「なあんだ。それで、たった一年で戻ってきたのか――」

　十條が苦笑いした。

「誰に聞いたのか知らないが、あんたらのほうが事情に詳しいようだな」

「出水っておっさんに聞いたんだよ。あんた知ってる？　出水敏郎って奴」

　十條の反応はなかった。単純に、聞いたこともないようだ。

「ところで、どこに行けばいい？　とりあえず、俺が借りたホテルに向かってるが、それでいいか？」

　ハンドルを握る篠田が尋ねる。

「ええっ、篠田さん、まさかひとりでホテルに泊まるつもりだったのか？」

　諒一が大げさに驚いて見せた。

「千葉の家は少し遠いからな――」

「いやいやいや、そういうことじゃないだろ」

　諒一がひとり頭を抱えるのを無視して、史奈は身を乗り出した。

「どこかで十條さんの話を聞きたいの。篠田さんの部屋を貸してもらえる？」

「いいよ、もちろん」

「私は話すことなんかないぞ。どこかで降りる。今夜は満月なんだ。急がないと、そろそろ――」

　十條が何か言いかけたが、言いにくいことなのか目が泳ぎ始め、だんだん声が小さくなり、ほとんど聞こえなくなった。

「いいえ、話すことは、きっとたくさんあると思う」

　史奈は隣に座った十條の顔をまじまじと見つめた。寝食を忘れて研究に打ち込むタイプなのか、肌は青白く、ひどく痩せている。陰鬱な目の色に、不機嫌そうな反抗心が透けて見える。ひげが濃いタイプなのか、さっきは気がつかなかったが、頬から顎にかけての肌が、黒ずんできているようだ。

「私たちは〈梟〉、あなたは〈狗〉。お互い知りたいことがあるはず」

13

篠田が予約していたのは、ＪＲ赤羽《あかばね》駅前のビジネスホテルだった。予約したシングルルームに五人も押しかけるのはためらわれ、友人とゆっくり喋りたいと説明して、デイユースプランで別の部屋を使わせてもらうことになった。

「〈梟〉はずいぶん紳士的だな。俺たちの仲間なら、シングルだろうが何だろうが、つめかけて平気で部屋を汚しそうだが」

十條が好奇心を隠さず広くもない室内を歩いて見て回っている。何の変哲もない、ダブルベッドの部屋だ。窓際の椅子に十條を座らせ、史奈たちはベッドに腰を下ろした。

貸してもらった部屋は六階で、窓の向こうに見えるのは、ほぼ窓だ。高層ビルだらけの東京では、六階なんてまだ低層のうちで、あっちを向いてもこっちを向いても高層ビルの壁と窓に行き当たる。面白味のない景色だ。

ふと、十條はまるで、どこにいても自分の縄張りを確認しようとする野犬のようだと思う。

何を聞いても肩をすくめるだけで黙りこんでいた彼が、しぶしぶ口を開いたのは、榊教授がホテルの部屋に現れた時だった。

「まさか先生の娘さんとはね」

向かいの椅子に腰かける教授を見て、呆れたように十條が首を振る。

「久しぶりだね、十條君。いろいろ噂は聞いているよ」

「どうせ悪い噂でしょう」

軽いやりとりが、決して嫌味ではない。ゼミの教授と学生の関係だったころも、こうして気軽に言葉を交わしていたのだろう。榊教授に対するときは、十條も素直な表情を見せるようだ。

「それじゃ、先生も〈梟〉なんですか。変わった匂いだとは思ったが——」

「ほう、変わった匂いなのか」

思わず漏らしたらしい十條の言葉に、本題そっちのけで榊教授が興味を示す。十條が、複雑な表情を浮かべた。

「——あまりこんなことを言いたくないが、最初は何かのご病気かと思いました。まるで細胞が崩れていくようだったから」

——崩れていく。

不吉な言葉に鼓動が速くなる。

「アポトーシスの臭いも、君たちは嗅ぎ分けているということか？」

榊教授が身を乗り出した。

「いや、アポトーシスによるものかどうかはわかりませんよ。でも癌なら、ある程度進行すれば嗅ぎ分けられる自信があります」

「たしかに、癌を探知する犬もいるくらいだからな」

「ええ。ただ、先生の場合はそういう匂いではありませんね。先生だけかと思えば、どう見ても元気そのもののお嬢さんや、諒一君たちも同じ系統の匂いがする。だからこれは、〈梟〉の体質によるものなんでしょう」

「君たちは、ヒトの体臭をそこまで嗅ぎ分けられるのか」

驚いている史奈たちに説明の必要があると考えたのか、教授がこちらを振り向いた。

「ある種の病気にかかると、体臭が変わることがあるんだ。たとえば糖尿病になると、ケトン臭と言われる甘ったるい体臭になることがある。赤ん坊の身体からカビくさい臭いがしたら、フェニルケトン尿症を疑う必要があるかもしれない。そういうケースだね。だから、私たちの体臭に何か一般的でない傾向があるのなら、それは〈梟〉の体質と関わりがあるのかもしれない」

崩れていくという言葉から〈シラカミ〉を連想した史奈は、自分の身体の中に何か気味の悪いものが巣くっている図を想像し、背中にひんやりしたものを感じた。

眠らない〈梟〉の体質は、やはり何かの病気なのだろうか。だから限界を超えた時に、〈シラカミ〉を発症するのだろうか。

そういえば、榊教授も以前、〈梟〉の体質は病の一種だと言わなかったか。

――いや、そんなことはない。

自分たちの能力は、天から授かった恩寵《おんちょう》だ。神々からのギフト。その証拠に、諒一や容子も自分にしても、誰よりも健康で頑健ではないか。

一族の力を、とかく悪い方向に考えるのはやめよう、と首を振る。

「だが――君たちの嗅覚は、ヒトの感覚を超えているね。こういう言い方もどうかとは思うが、君たちが〈狗〉と名乗るのも、言いえて妙だな」

「まあ、嗅覚だけならね」

十條が妙な言い方をして、苦笑いした。

「しかし、参ったな。まさか、先生が出てくるとは思いもよりませんでした。〈梟〉に何を聞かれても、知らないと言い張るつもりだったのに」

「ほう。私には答えてくれるのかね」

「先生には、どのみち近いうちに相談に上がるつもりでしたから」

「研究についての相談だね」

十條が頷く。

「先生。私はようやく、〈狗〉の特性に関連する遺伝子を突き止めたんです」

榊教授が、虚を突かれたような顔になった。

「君は――ずっと、自分自身の特殊性について研究し続けていたのか？」

「そうです。先生は以前、言われたでしょう。人間がもっとも強く興味を持つのは、自分自身に対してだって。私もまさにその通りだと思います。私は自分の〈狗〉の力が嫌でしかたがない。ずっと、自分自身の遺伝子を見続けてきました。この性質を取り除きたくて、研究の道に入ったんです」

榊教授は、困ったような顔をしてしばらく黙っていた。

「うらやましいほどの能力だと、他人から見れば思うがね。本人にはいろんな苦労があるんだろうな」

「まさか、うらやましいなんてものではないですよ！」

苦しげに十條が叫んだ。

「教授の口からそんな言葉を聞きたくなかったです。こんな力、生まれ落ちた日からずっと、災厄でしかありませんでしたよ。捨てられるものなら捨てたい。でも、遺伝子のどの部分をどう置き換えればいいかわかったので、ウイルスベクターを使えば、治療も可能かもしれない」

「十條君。ヒトへの適用の前には――」

教授が指摘しようとするのを、十條はせっかちに遮った。

「わかっています。遺伝子治療の結果、生殖細胞に遺伝子導入が起きないことを、動物実験で確認しなくてはいけないのですよね。ヒトの遺伝子を編集するには、高いハードルが設けられている。それはわかっています――しかし、医師が患者に遺伝子治療を施す場合は、たしかに必要でしょうが、遺伝子治療のメリット・デメリットを理解したうえで、自分自身の身体に実施する場合はどうですか？　もしも生殖細胞にまで影響が及んでしまったなら、僕は結婚しませんし、子どもを持つ気もありません。次の世代に影響することはないのです」

話の内容を完全に理解したとは言い難いが、熱っぽい十條の言葉には、つい耳を傾けてしまう真摯さがあった。彼は必死だった。何がなんでも、榊教授を説得するつもりのようだった。

榊教授は、深いため息をついた。

「やめてくれ、十條君。君の若さで、そんなふうに人生を投げ出すことはない」

「投げ出してなんかいません！」

十條が叫んだ。彼の声には、報われない熱意への絶望のような悲痛さがあって、それが史奈へも訴えかけてくる。この悲痛さには、〈梟〉たち自身にも覚えがあるはずだ。

榊教授が里を下りたのも、〈梟〉の遺伝子を研究するためだったと聞いている。ならば教授は、十條の言葉をまるでブーメランのように感じているのではないだろうか。

「投げ出していないから、遺伝子を変えたいんです。私は人間らしく生きたい。自分の正体を隠したり、悩んだりせず、異端としてでも、異物としてでもなく、ごくふつうに世の中に受け入れられたいんです。先生が〈梟〉だとは知りませんでしたが、知っていたらもっと早く相談していました」

「君を異物扱いしたことなんて、ないつもりだよ」

教授が、ほんの少し悲しげに言った。

「先生のことじゃない。とにかく、私は自分の将来を守るために、自分に遺伝子治療を施したいんです。——その研究内容を、遺伝子ドーピングに使わせろと言ってくる、ハイパー・ウラマの関係者のような奴らもいますが」

「君は、なぜ仲間から追われているんだ？　ハイパー・ウラマと関係があるのか？」

「私の研究が、一族の力を失わせるためのものだと知って、奴らは怒っているんです。自分たちの力を尊いものだと思っていますからね」

自嘲ぎみに語る十條の声は、低くしゃがれている。

「捕まると村に監禁されそうなので、ずっと隠れていましてね」

「どうして急に居場所が知られたんだ」

「それは——」

ふいに十條が言葉を切り、こちらに顎をしゃくったので、史奈はぎくりとした。

「え？」

「先生のお嬢さんが、隠れ家に侵入したので、誰かに監視されていると考えて、東京に出てきている幼馴染の家に泊めてもらったんです。どうも、そっちを見張っていた奴がいたようで」

「なるほど――どうやら我々は、〈狗〉の一族に踊らされていたようだね」

教授や史奈が知る出水敏郎からの依頼の件と、〈狗〉の一族の動き、十條から見た彼らの行動を突き合わせて、ようやく大筋が見えてきた。

「つまり、出水と〈狗〉が手を組んで、私を探しているんですか」

「そのようだ。心当たりはないのか？」

十條が考え込んでいる。

「ない――ですね。だけど、エマリスタンのドーピング研究に手を貸したことで、私の研究を利用しようとする奴らが他にも現れたのかもしれない」

「とにかく――君を無事に救出できて、本当に良かった」

教授が穏やかに告げ、十條の肩を親しげにたたいた。

出水がハイパー・ウラマ側なら、十條を取り返したので、当面、彼の野望をくじくことができたと言っていいだろう。

「なあちょっと、さあ」

ベッドに猫のように寝そべって、ストレッチをしたり退屈そうにあくびをしたりしていた諒一が急に話しかけたので、十條は妙な生き物でも見たような顔になった。

「あんた、これからどうするつもりだよ。〈狗〉の奴らからずっと逃げ回ってちゃ、研究だってままならないんだろ」

諒一の態度は最悪だが、指摘は正しい。十條も、「そうだな」と同意して顎を撫でている。

「今回は不意を打たれたが、これからちゃんと話し合って、一族から離脱する許可を得るつもりだ」

「勝算あんのかよ」

諒一の言葉は痛いところを突いたようだ。

「こう言ってはなんだけど、あなたたち〈狗〉もそうとう頭が固そうだったね」

さらに容子が冷徹な追い打ちをかける。

十條が凍りついたのを見て、史奈は身を乗り出した。

「――私たちは、父の研究を助けてくれる人なら歓迎する。〈梟〉には変わった風土病があるの」

突然、研究室へのスカウトが始まったのを見て、教授がやれやれと言いたげな表情を浮かべたが、何も言わなかった。

そもそも人手が欲しいと言っていたのは、当の教授だ。信頼して〈シラカミ〉の情報を渡せる研究者は、今のところ栗谷和也だけなのだ。しかも和也は、教授の研究だけでなく、さまざまなツールの開発まで任されて、多忙を極めている。

「――本当に、私を研究室に戻してくれるのか？」

疑い深い目つきで、探るように十條が周囲の面々を見渡す。

「私たちに協力してくれるならね」

「君が研究を手伝ってくれるなら、もちろん歓迎だ。正式には来春からになるが、席を用意するよ。問題は、〈狗〉の諸君をどう説得するかだね」

教授が太鼓判を押すと、十條の沈鬱な表情にも光が差した。

「それは――なんとかします。一度、村に戻って長に会う必要はあるかもしれませんが」

「必要なら、我々も口添えするよ」

教授と十條が専門的な内容の相談を始めたので、史奈は諒一と容子を誘い、部屋の外に出た。まったく自分とは関係ない話ばかりで、篠田はさぞかし退屈だろうと思うが、静かに教授たちの会話に耳を傾けている。彼の忍耐心は際限がないようだ。

篠田と目が合ったので、「少し出てくる」と外を指さした。それだけで、篠田とはなぜか話が通じる気がする。

「十條の件は〈狗〉と話し合う必要があるけど、あとは十條しだいだよな」

諒一が後ろ手にドアを閉め、廊下のブルーグレーのカーペットをつま先で蹴りながら呟く。

節電のためか、ビジネスホテルの廊下は薄暗かった。

「その件ではないの。十條さんのことは、彼自身に任せるしかないし」

「どうしたの、史ちゃん」

「考えていた」

史奈は、諒一と容子の兄妹を見た。本当に、よく似たふたりだ。

「十條さんを取り返した。出水が何を考えているのかわからないけど、まず一点こちらがリードしたのは確かでしょ」

「そうだな」

「でも、出水がハイパー・ウラマ側にいるのなら、これから何を企むかわからない。一族の名簿まで手に入れる奴だし」

諒一が眉をひそめ、頷いた。

「ハイパー・ウラマのような競技は、このまま放置しておくわけにはいかない。そう思うでしょ？」

容子に目をやると、思慮深い彼女も半眼になり、しっかり頷く。

「ハイパー・ウラマ、私も出てもいい」

諒一の表情が、ぱっと輝いた。

「本当か――」

「ただし、条件がある」

「だよなあ」

「ひとつは、〈ツキ〉全員の合意を取ること。容子ちゃんと私が賛成なら、あとは和也さんと武《たけし》さんね」

「堂森《どうもり》だな。たしかに、〈ツキ〉が反対しているのに勝手に参加するのはダメだろうな」

いま初めて気づいたような顔で、諒一がしぶしぶ頷いた。里は失われたが、一族の掟《おきて》は健在なのだ。

「もうひとつは、私は顔と名前を出したくない。ただでさえ、四年前の事件で全国的に名前と顔写真を流されてしまっているから。別名義で、顔はマスクをつけるとか、隠した状態で良ければ参加する」

「史ちゃんがそう思うのは、もっともね。ハイパー・ウラマの関係者は派手好きだから、テレビ放映やネットの配信くらいはやりそうだし。それは、兄さんがアテナと交渉して、ハイパー・ウラマの主催者と話をつけてもらわないと」

「わかった」

殊勝に諒一が同意した。

「もうひとつは――」

「ええっ、まだあるの？」

諒一が情けない顔をする。

「やるからには、必ず勝つこと。もちろんドーピングなしで。それから、私たちがドーピングなんかしていないことを、確実な方法で証明してもらうこと。それが保証されない限り、私は出ない」

スポーツとも呼べないダーティな競技で負けるなんて、〈梟〉の恥だ。その思いがふたりにも伝わったか、彼らは表情をあらため、しっかりと頷いた。

「わかったよ、史奈」

「史ちゃんの言う通りね。私たち、負けは許されない」

「そんなの当然じゃんか。俺だって、負けるの大嫌いなんだからな！」

諒一が鼻息も荒く、唇を尖らせた。

「なら決まりね。まず条件を満たしてもらって。そして、私たちは――」

勝利する。

誰からともなく手を差し出し、重ねた。

これが、〈ツキ〉の長となって初めての、大きな決断になるのだと史奈は気づき、急に身体が震えた。


話がまとまると、教授はさっそく栗谷和也にも詳しいことを知らせると言ってホテルを離れた。和也は教授の右腕だから、十條を研究室に入れるなら相談が必要だろう。教授は、和也の了解が得られれば、十條をしばらく自宅兼研究室に泊めると言った。あそこならまだ〈狗〉に見つかっていないようだし、教授の目が行き届く。

〈梟〉と〈狗〉がうまく生活できるかどうかは、やってみなくてはわからない。なにしろ〈梟〉は睡眠をとらないし、〈狗〉は強烈な嗅覚の持ち主だ。

容子は、諒一の首根っこを捕まえて、引きずるように帰っていった。おそらく、史奈に気をきかせたつもりだったのだろう。

——篠田がいるから。

「今夜は、俺が予約したシングルをツインに変更して、十條君と泊まることにした」

篠田がてきぱきホテルと交渉して、当面の宿の問題も解決してくれた。頼りになる。部屋だと十條の耳があるので、廊下での立ち話になった。

「篠田さん、ごめんね。せっかくのお休みなのに、面倒なことに巻き込んでしまって」

「いやあ、全然。そもそも、史奈たちといると退屈しないし。いや、そんな面白がってるような言い方は不謹慎だな」

篠田の笑顔は爽快だった。だが、ふと思い出したように、真面目な顔になり史奈の肩に手を置く。

「何か困ったことがあれば、言ってくれ。俺にできることなんて限られるだろうが、なんでも力になるから」

「ありがとう。今でもずいぶん助かってる」

本当だ。十條は〈梟〉の側につくと宣言したものの、〈狗〉の血族であることには変わりない。〈狗〉と〈梟〉の関係が怪しい今、それほどかんたんに血のつながりを捨てて、味方になれるだろうか。

そんな疑いも消えないので、まだ十條を教授の家に連れていくのには戸惑いがある。和也の了承も得ていない。

今夜、十條をどこに泊まらせようか——と皆で考えていたら、あっさり篠田が解決してくれたのだった。

「十條さんとふたりきりで、大丈夫?」

「〈狗〉に囲まれたところを助けたからか、俺には悪い印象を持っていないようだ。はっきりそう言うほど素直じゃないけどね。大丈夫、なんとかなると思うよ」

史奈は微笑んだ。たしかに、十條という男、斜《はす》にかまえた性格のようだ。

「それじゃ、私は帰るけど。気をつけてね。念のため、十條さんにもひとこと声をかけておくね」

部屋に入ると、先ほどまでベッドに掛けていた十條の姿がない。一瞬ひやりとしたが、すぐバスルームから呻《うめ》き声《ごえ》が聞こえ、逃げたわけではないとわかった。

「十條さん？　どうしました、大丈夫ですか」

ためらいがちにノックすると、くぐもった声で「大丈夫だ」と十條が応じた。聞き取れるか不安なほど小さな声だ。何かがタイル貼りの床に落ちて割れたような音もした。

――何か、変だ。

どうした、と言いながら篠田も入ってくる。

「様子がおかしいの。十條さん、気分でも悪いんじゃないかな」

「大変な一日だったからな。――十條君、どうした」

「カミソリがない――悪いがカミソリを――カミソリをたくさん持ってきてくれないか」

かぼそい声が震えていて、史奈は篠田と顔を見合わせた。

「十條君――いったいどうしたんだ。心配だから、中に入るよ」

「やめろ！　入らないでくれ！」

悲鳴のような声が聞こえたが、篠田の目に決意の色が浮かぶのが見えた。相手を守るためなら、たとえ自分が嫌われても、すべきことをする。篠田はそういう男だ。

鍵はかかっていなかった。

篠田がドアを手前に開くと、浴槽と洗面台、トイレがセットになったユニットバスの、洗面台の鏡の前にかがみこむ十條が見えた。

鏡は、中央から四方に向けて亀裂が入り、一部は欠落している。十條が鏡を殴りつけでもしたのか、洗面台と床に破片が落ち、そこら中が血だらけだ。

「十條君！　何をしてるんだ。手を怪我してるじゃないか！」

靴を履いたまま飛び込んだ篠田が、血まみれの拳を握りしめてうつむく十條を外に引っぱり出そうとすると、十條は歯をむき出し、野犬のように唸って暴れ始めた。

その時、史奈にもはっきり見えた。

十條の顔。

熊、猿、犬。そのどれでもない。ごわごわとした茶色く短い毛が、びっしりと顔一面を覆っている。

その剛毛の間から、ぎらつく目と、白い牙が覗いている。

――人間じゃないという言葉が、史奈の脳裏をかすめた。その言葉がとっさに自分の中から浮かんだことに、史奈自身が驚愕《きょうがく》した。

自分の中にも、人を差別する心があるのだろうか。それは、自分がもっとも嫌っていたことだったのに。

彼らは〈狗〉の一族と名乗った。だが、おそらく犬ではないのだ。それは、真の姿を隠すための、見せかけの呼び名だ。

「オオカミ――」

その言葉がふいに、唇をついて出た。

十條の肩がぴくりと震える。

今夜は満月だと、十條が言いかけたではないか。くじけてしまったが、あの時彼は、自分の体質を説明しようとしていたのだ。

なぜ十條が、仲間と手を切り、研究者としての将来を危うくしてまで、自分の遺伝子を変えたいと願うのか、やっとわかった。

篠田の腕を振り払おうともがいていた十條が、力尽きたように動きを止め、天井を仰いだ。

「もう、誰にも見られたく、なかったんだ――」

呻くように呟いた十條の唇から、笛のような甲高い絶叫が漏れる。

史奈にはそれが、谷をわたり、梢を揺らす孤独な狼の遠吠えのように、聞こえた。

エピローグ

水がなかった。

堂森武は、〈お水取り〉のために母親の堂森明乃《あきの》と里を訪れ、ふだんは閉鎖している井戸に釣瓶を投げ入れて、引き上げたところだった。

いつもなら、透明で冷たい井戸水で満たされ、ずしりと手ごたえがあるはずの釣瓶は軽く、乾いている。

「やっぱりね。さっき、釣瓶が水に落ちた音がしなかった」

胸騒ぎを抑えて母を見ると、彼女も憂いを帯びた表情で井戸の奥を覗きこんでいる。

武が〈ツキ〉を拝命して四年。

まさか自分がこんな大役を仰せつかるとは思わなかったが、母の監視が常につきまとうとも思わなかった。

「ど、どうしよう」

思わず声が震えてしまった。

この水は、月に一度、一族の誰かが汲んで、榊教授のラボに持ち込んでいる。

榊教授はそれを小さな容器に分け、居場所が判明している一族の全員に送付する。月に一度、この水を飲むことが、今のところ〈シラカミ〉化を防ぐための唯一の手段とされているのだ。

——その水が、干上がってしまったら。

「武、あんたさっさと井戸に入って、中を確かめてきな」

母の明乃が命じた。堂森家では、明乃の命令は絶対だ。四十路《よそじ》の後半になってもすらりと細く、鞭《むち》のように引き締まった身体つきは、二十歳のころからまったく変わらないらしい。今でも誰より活動的だ。

「た、確かめるって、どうやって——」

ぎろりと睨まれる。

「ロープを木に結んでやるから、下に降りるんだよ。ほれ、さっさと行きな！」

びくびくしながら、なぜか母がいつも車に積んでいる五十メートルはあるロープを身体に巻き付け、反対側の端を母が樹木に結ぶのを確認すると、スマホだけポケットに入れて、井戸の中に入った。ロープは命綱のようなもので、井戸の壁に両手を突っ張り、ゆっくりと降りていく。

壁面は少し湿っていて、苔《こけ》むした石をつかもうとして、時おりぬるりと手を滑らせそうになった。心拍数が上がる。

正直、自分は一族の落ちこぼれだ。まだ里にいた子どものころから、同じように洞穴や山中を駆け回っていたのに、長栖の諒一のほうがずっと速く走り、ずっと高く跳躍できた。鍛錬を怠ったつもりはないのだが、諒一ほど熱心でもなかった。

だから先月、榊の〈ツキ〉——史奈から連絡があり、緊急で〈ツキ〉の会合を開きたいと言われ、ハイパー・ウラマの件を聞かされた時にも、やっぱり自分は競技に誘われなかったと思った。

当然だ。諒一と容子は兄妹だから当然として、あとひとりを誘うなら、史奈だ。

自分じゃない。

四人の〈ツキ〉のうち、史奈と容子はハイパー・ウラマへの参戦に意欲的で、〈カクレ〉の栗谷和也も困惑ぎみではあるが、「悪くないいんじゃない?」という表現で賛意を示していた。

あとは、自分だけだ。

(も、もし——)

あんなにキラキラしたふたりを前にすると、ふだんからあまり能弁ではない武など、口ごもりがちになってしまう。

(勝てたらいいけどさ。もし、負けたらどうするの)

敵は、さまざまな手段でドーピングするというのだ。いくら諒一たちの身体能力が高くても、楽に勝たせてもらえるとは限らない。だから、当然の質問だと思ったのだが、ふたりにはそうではなかったらしい。

特に、容子をぴりりと怒らせた。

（あたしたちが負けると言いたいの？）

（えっ、いや――）

負ければ、アスリートとして国内の舞台に立ち始めたばかりの諒一は、恥をかくどころではすまないだろう。容子だって、大学を卒業すればプロの競技者になるつもりだろうに、出だしからつまずくことになるのだ。

（負ける可能性はある）

史奈がさらりと言った。

（誰だって、負ける時はある。だけど、負けることを恐れて最初から勝負しなければ、勝つこともできない）

五つも年下の女性からそう諭され、武が息を呑んでいると、史奈がにやりと笑った。

（……そう、桐子ばあちゃんが言ってた）

ほう、と肩から力が抜ける。

榊の〈ツキ〉――と言って、里のみんなが思い浮かべるのは、先代の〈ツキ〉――怖くて知恵があって、一族をひとつにまとめ上げる統率力のあった榊桐子のことだ。

――そうか、榊の〈ツキ〉が。

そう言われると、武に反対の余地はなかった。

その時、さらに下へ降りようとしたワークブーツの足が、地面にコツンと当たる感触がした。

——底についてしまった。

スマホのライトで井戸の底を調べる。

あれほど豊富にあった水は、どこに行ってしまったのだろう。すっかり涸れて、底のくぼみにほんのわずか、小さな水たまりを残すのみだ。

事態の重大さが、武の喉を押し潰しそうだった。声も出せないほどの、恐怖。

スマホで何枚か写真を撮った。

井戸の底に、虹色に光るものを見た気がして、そっと拾い上げてみると、小さな巻貝の殻だった。本体は死んでしまったのか、中は空っぽだ。そのうつろな貝殻を見つめるうち、背筋が寒くなってきた。

早く、榊教授とほかの〈ツキ〉たちに知らせなくては——。

一族の存続があやうい。

堂森武は、震える手で井戸を登り始めた。


（『梟の好敵手』に続く）

参考文献

『スポーツと遺伝子ドーピングを問う　技術の現在から倫理的問題まで』
森岡正博・石井哲也・竹村瑞穂　編著／晃洋書房　二〇二一年

本書は、「集英社文庫公式ｎｏｔｅ」二〇二三年九月〜十月に
配信されたものを加筆・修正したオリジナル文庫です。

福田和代の本

怪物

〈死〉の匂いを感じる力を持つ刑事、香西。定年間近の彼は失踪者の足取りを追いかけ、やがてゴミ処理施設の研究者、真崎に行きつく——。正義と悪が織り成す衝撃の結末とは!?

福田和代の本

緑衣のメトセラ

高級老人ホームに併設された先進的に医療を研究している病院で、特殊なウイルス感染による不審死が発生した。ライターのアキがその闇に迫る……！　長編サイエンスサスペンス。

集英社文庫

福田和代の本

梟の一族

忍者の末裔にして、眠らない特殊体質を持つ〈梟〉の住む里が、一夜にして焼け落ちた。女子高生の史奈は、一族の生存を信じ、また、己のルーツを解き明かすため、独り襲撃者と戦う!

集英社文庫

集英社文庫

梟《ふくろう》の胎動《たいどう》

2023年10月25日　第1刷
2023年11月15日　第2刷

定価はカバーに表示してあります。

著　者　福田和代《ふくだかずよ》

発行者　樋口尚也

発行所　株式会社　集英社
東京都千代田区一ツ橋2-5-10　〒101-8050
電話【編集部】03-3230-6095
【読者係】03-3230-6080
【販売部】03-3230-6393（書店専用）

印　刷　TOPPAN株式会社

製　本　加藤製本株式会社

フォーマットデザイン　アリヤマデザインストア　　マークデザイン　居山浩二

ISBN978-4-08-744577-0 C0193